お皿監視人

あるいは
お天気を
本当にきめているのは
だれか

ハンス・ツィッパート　作
ミヒャエル・ゾーヴァ　絵
諏訪功／ヴォルフガング・シュレヒト　訳

三修社

お皿監視人

あるいは

お天気を本当にきめているのはだれか

空色の訪問者《ほうもんしゃ》

いつものお昼とおなじようにカントシュタイナーさんたちは食卓《しょくたく》をかこみ、いつものお昼とおなじようにごたごたがあります。「ウヘーッ、こんなの食べられないよ！」マークが大きな声を出します。

サラも眉《まゆ》をひそめます。「これ、ほんとうに食べられるの？　これとよく似《に》たものをいちど日曜大工《にちようだいく》の番組《ばんぐみ》で見たことあるけど、窓《まど》の目張《めば》りとか、材木《ざいもく》の穴《あな》ふさぎに使《つか》ってたわ…」

「これはヒヨコマメのピューレです」とお母さんが断言《だんげん》します。「ゴボウとカボチャのみじん切《ぎ》り入りで、新鮮《しんせん》そのものなのよ」

「助《たす》けて」マークは大声《おおごえ》をあげます。「うちのお母さんは宇宙人《うちゅうじん》にさらわれちゃった。代《か》わりに送《おく》ってこられたのは、見た目はママとそっくり同《おな》じだけど、ほんとうはバイオ遊星《ゆうせい》から来たネバネバ怪獣《かいじゅう》なんだ」

おかあさんはうんざりし、新鮮な野菜《やさい》から得《え》られるエネルギーについてお得《とく》意《い》の講演《こうえん》をするか、それともエコロジー農法《のうほう》による世界《せかい》の改良《かいりょう》について論《ろん》じるか迷《まよ》いますが、けっきょく別《べつ》な話にします。「アフリカやバングラデシュでは、このような食べものが手に入れば、みんなどんなにか喜《よろこ》ぶことでしょうか！」

「じゃあ、これをそちらに送《おく》ったらいいわ。私たちの分《ぶん》を喜んでわけてあげる」サラは言い、有無《うむ》を言わせない身振《みぶ》りでお皿《さら》を向《む》こうに押《お》しやります。

さて約《やく》十二時間後。バングラデシュ南部《なんぶ》の小さな村ラングニアの近《ちか》く。粘土《ねんど》でできた二棟続《ふたむねつづ》きの長屋《ながや》の前に黄色い郵便自動車《ゆうびんじどうしゃ》が止《と》まり、運転手《うんてんしゅ》が小荷物《こにもつ》を小脇《こわき》に抱《かか》えてノックします。「ファルークさんのお宅《たく》はここですか？」

女性《じょせい》が、七人の子どもたちにかこまれて戸口《とぐち》に現《あらわ》れます。

「速達小包《そくたつこづつみ》です。ここにサインしてください。」

自動車はあっというまに走り去《さ》ります。わくわくしながら段《だん》ボール箱《ばこ》を開《あ》けると、出てきたのはもう一つの箱、おまけにもう一つの箱と一通《つう》の手紙。

そこにはこう書いてあります。

ファルーク様、喜んでいただけるように、食べものをお送りいたします。

草々

E. K.

ファルークさんは、「ああ、これはカントシュタイナーさんのおうちのお昼ご飯《はん》ね」と言います。子どもたちはがっかりしたふうで、いちばん小さい子は泣《な》き始《はじ》めます。ファルークさんが荷物《にもつ》をほどくと、出てきたのはヒヨコマメ、ゴボウとカボチャのみじん切り。まだ何もかも温《あたた》かくて、ホカホカです。

「さあ、あなたたちもきっとおいしいって言うと思《おも》うわ。あら、ちょっと待《ま》って、みんな。どこへ行くの！」

ため息《いき》をつきながら、ファルークさんは一皿《ひとさら》食《た》べて、カントシュタイナーさんに手紙を書きます。

おいしい昼食、ありがとうございました。でも宗教上《しゅうきょうじょう》の理由《りゆう》があって、ヒヨコマメとカボチャの食べ合わせは許《ゆる》されませんし、ゴボウにいたって

はなおのこと、だめです。バングラデシュより。敬具《けいぐ》
ヴィアンドラート・ファルーク

「フーム」と言って、お母さんは手紙をわきにおきます。

「バングラデシュではやっぱりみんなそれほど感激《かんげき》しなかったんじゃない？」

マークが勝《か》ち誇《ほこ》ったように言います。

「たぶん、あの人たちは私たちの食事《しょくじ》に慣《な》れていないのでしょうね」とお母さんは推測《すいそく》します。

今日の食事《しょくじ》はひきわり麦《むぎ》のおかゆです。チシャとキクイモが入っています。サラは、子どもを被験者《ひけんしゃ》にして生物兵器《せいぶつへいき》の素材実験《そざいじっけん》を行うのは禁《きん》じられている、と言ったせいで、あやうく外出禁止《がいしゅつきんし》をくらいそうになります。マークは自分《じぶん》で作ったケチャップをできるだけ満遍《まんべん》なくかけたうえで、舌《した》を使わずにこの食べものを食道《しょくどう》に滑《すべ》り込《こ》ませようとしています。ちょっと危《あぶ》なっかしいその曲芸《きょくげい》をお母さんは見つめ、心配《しんぱい》を募《つの》らせますが、とは言っても、もう言うことは何も思いつきません。お母さんは小声《こごえ》で言います。「お母さんが子どもの頃《ころ》は

いつも、お皿の食べものを残《のこ》さずに食べなさい、そうしないとお天気が悪くなる、って言われてたわ」

「ははあ」マークが言います。「そうするとここは一年中雨が降《ふ》ってなけりゃならない。それにまた誰《だれ》がいったいそんなことを調《しら》べるの？」

「そうねえ」お母さんが言います。「ただのことわざよ。私だって別《べつ》にそれを信《しん》じていたわけじゃないわ」


玄関《げんかん》のベルが鳴《な》ります。

「ピザ屋《や》の配達《はいたつ》でしょう。テーブルの下でそっとメールを打《う》っておいたの」

サラがささやき、急《いそ》いで立ってドアを開けると、目の前に空色《そらいろ》の制服《せいふく》を着《き》た二人の男が立っています。

「私にはアンチョビ抜《ぬ》きの三十九番。後ろの子にはパプリカ添《ぞ》えの二十二番をお願《ねが》いね」と大きな声で言って、サラはマークのほうを指差《ゆびさ》します。マークは空色の配達人《はいたつにん》をじっとみつめています。

男たちは表情《ひょうじょう》ひとつ変《か》えません。二人の男のうち、小柄《こがら》なほうはファイルをめくってこう言います。「すると君《きみ》がサラ・カントシュタイナー、十三歳《さい》、そして私たちを失礼《しつれい》にもずっとにらんでいるあの男の子が、君の弟のマーク、十一歳、というわけだ」

マークはすこし不安《ふあん》になります。なんだか不気味《ぶきみ》です。この二人はあまり物《もの》分《わ》かりがよさそうには見えません。お母さんは居間《いま》でパパのワイシャツにアイロンをかけていて、なにも気がついていないようです。こんなことってありえない。

「お母さん⁈」とマークはさけぼうとします。しかし出てくるのはかすれたしわがれ声だけです。

「ねえ君」もう一人の空色の男が言います。「この件《けん》は我々《われわれ》だけの問題《もんだい》だ、お母さんをここにまきこむのはやめよう。まあ、ちょっと腰《こし》をかけて、何か少し食べようじゃないか。君は腹《はら》ペコだよねえ、サラ！」

サラはおとなしく食卓《しょくたく》に向《む》かって座《すわ》り、二人の男たちも腰をおろします。

「ああそうだ、まだぜんぜん自己紹介《じこしょうかい》していなかった。私はウルトラ警部《けいぶ》、そしてこちらがマリーン巡査長《じゅんさちょう》。我々《われわれ》は、ええと、食事不適応対策所《ふてきおうたいさくじょ》お皿部《ぶ》局《きょく》のものです」

二人の男は同時《どうじ》に空色の身分証《みぶんしょう》を振《ふ》り回《まわ》します。写真と番号《ばんごう》、それとかなりいかめしい感じの公印《こういん》が目にはいります。

ウルトラ警部と名乗《なの》り、口ひげを生《は》やした空色の男は「どうか我々にはおかまいなく」と言い、おどかすような調子《ちょうし》をこめて付《つ》け加《くわ》えます。「きれいに食べてお皿を空《から》にしなさい」

「そうです。そうです。我々は、あなたがたがちゃんと食事に手を伸《の》ばす様子《ようす》が見たいだけなんです。すぐに失礼《しつれい》しますよ…」マリーン巡査長がことばを補《おぎな》います。

「もう食べられない」マークはうめきます。お母さんに算数の宿題《しゅくだい》のことを尋《たず》ねられないようにと、二人が来るちょっと前に、かなりいっぱいお皿に取《と》ってしまっていたのです。

「そうか、そうか」とウルトラ警部は言い、巡査長に合図《あいず》して関連書類《かんれんしょるい》を示《しめ》させます。「君はきのうも完食《かんしょく》しなかったし、おとといもそうだった。それ以《い》前《ぜん》の百四十七日間も、君はお皿をきれいに空《から》にすることはなかった。……待てよ…、最後に君のお皿がすっかり空になったのは百四十八日前のことだ。そのときはフライドポテト添《ぞ》えのローストチキンだったね。あの時は君たちの家のオーブンが壊《こわ》れていたせいもあった」

「ぼくは、ええまあ、その通《とお》りでしょう」マークがどぎまぎして言います。「でもこの家では、ほんとうにいつもとても食べられないようなものばかりが出るんですよ」

「そんなことはない」ウルトラ警部は反論《はんろん》します。「お母さんはとても料理《りょうり》がお上手《じょうず》だ。使う材料《ざいりょう》だって新鮮だし…」

「でもドイチュマンさんのうちのほうがずっとおいしいんです」マークは強《ごう》情《じょう》に言葉をさしはさみます。

「ふーむ、デリング、ドイム、ドイター、ドイチュマン、ああ、あったあった。」マリーン巡査長は満足《まんぞく》げに自分のファイルブックに目を走らせます。「ドイチュマンさんは冷凍食品《れいとうしょくひん》を解凍《かいとう》するのが大得意《だいとくい》だし、週に二回、ゲーテ通りのピザ宅配店《たくはいてん》に出前《でまえ》を頼《たの》んでるね。あそこの店のルイジとピエトロは、賞《しょう》味期限《みきげん》が切れたパプリカやチーズをよく使うんだ。まあ、これはほんのついでに言っておくだけだ。我々はドイチュマンさんの話をするためにここに来ているんじゃなくて、君たちのために来ているんだからね。」

彼はファイルブックから目を上げます。するとサラはすぐにお皿の上のものをきれいに食べ始めます。マークも負けない気になって、あっという間《ま》に自分の分をきれいに平《たい》らげ、それどころか雑穀《ざっこく》パンのかけらを使ってお皿をなめたようにきれいにして、ほっと深《ふか》く吐息《といき》をつきます。

「いいぞ、いいぞ」警部が言います。「これからはもう、バングラデシュで洪《こう》水《ずい》がおこることはないだろう」

ブロートハーゲさんの最後《さいご》の一呑《ひとの》み

ちょっと待《ま》ってください。ぼくたちがお皿をきれいに平らげないと、バングラディッシュ…いや、バングラデシュは雨になるっていうんですか?」

「そのとおり」ウルトラ警部《けいぶ》が言います。

「当《あ》たりだ」マリーン巡査長《じゅんさちょう》が保証《ほしょう》します。

「でもそれはただのばかばかしい決《き》まり文句《もんく》でしょう」マークがさけびます。

「お母さんだって自分で言ってましたよ。食べものを残さずに食べることとお天気とは関係《かんけい》ないって。それにまたそんなことをいったい誰《だれ》が保証す…」

マークは言いかけたことを最後まで言わないで口をつぐみます。サラがマークの足を踏《ふ》んで注意《ちゅうい》しましたし、彼にもこの件《けん》がだんだんとわかり始めてきたからです。

「頭のいい子だね」ウルトラ警部はうなづきます、「この子は見所《みどころ》がある」

「ただし、何もかもちゃんと食べるとしての話だけどね」、と巡査長は付け加え、マークの背中をはげますように叩《たた》きます。

「だけど、いったいどうやって…?」サラはたずねるべきかどうか、わからなくなります。この二人の人間が、なんだか奇妙《きみょう》に思われるからです。万事《ばんじ》がどうも少し行き過《す》ぎのようですし、おまけに疑《うたが》わしくもなっています。「あなた方はどっきりカメラのスタッフでしょう。いま、ここでやっていることは、冗談《じょうだん》ですよね？」

いまや、警部は微笑《ほほえ》みをやめ、巡査長もひたいにしわを寄《よ》せます。二人は突《とつ》然《ぜん》立ち上がり、資料《しりょう》を提示《ていじ》する台を取り出し、奇妙な、色あざやかな図表《ずひょう》を載《の》せます。たくさんのお皿と虹《にじ》が目に入ります。警部は講義《こうぎ》を始め、自家醸《じかじょう》造天文学《ぞうてんもんがく》、調理法《ちょうりほう》に関連《かんれん》する雲の形成《けいせい》など、いろいろと論《ろん》じますが、子どもたちにはぜんぜんわかりません。これを見たウルトラとマリーンは、子どもたちと一緒《いっしょ》に、「気候《きこう》に関《かん》するちょっとした実地授業《じっちじゅぎょう》」にでかけることにします。

「まだいくつかはっきりさせる必要《ひつよう》があると思う」警部は、サラとマークに対《たい》し、自動車のドアを開けてやりながら言います。「大きな事柄《ことがら》の連関というものが、君たちにはやはりまだすっかりとはのみこめていないようだからな」

「いまいましい天気だ」巡査長がうなります。というのも同じく空色の自動車の上に大きな雹《ひょう》の粒《つぶ》が突然《とつぜん》、バラバラと降《ふ》ってきたからです。

「エーバーハルト・ブロートハーゲだ、私の間違《まちが》いでなければな」警部は言います。

「まずいなあ。どうもその推測《すいそく》は当《あ》たっているようです」巡査長は同意《どうい》しま

す。

車は早くもアイラート通り四十番地《ばんち》に着きます。二人は車から飛《と》び降《お》り、三階建《がいだ》ての建物《たてもの》の玄関《げんかん》ベルを押《お》して中に駆《か》け込《こ》み、一分経《た》つか経たないかのうちに、男を一人引きずって、また外へ出てきます。髪の毛が薄《うす》くなっていて、首の周《まわ》りにまだナプキンを巻《ま》きつけたままの年配《ねんぱい》の男性《だんせい》です。ウルトラは男性を車の中へ押し込み、手に皿を持たせます。「さあ、いい子だから、今日は残さずに食べましょうね。車の塗装《とそう》を台無《だいな》しにしたくないんでね」

当惑《とうわく》したようすのまま、この男はエンドウ豆《まめ》スープを二匙《ふたさじ》飲み込みます。お皿はあっという間に空《から》になり、雹が止み、空が晴れてきます。

「やればできるじゃないですか」警部はうれしそうに言います。

「べつにわざとやってるわけじゃないんです、どうしてもお皿をきれいに平《たい》らげられないんです」この男性はやけになったようにさけびます。「医者《いしゃ》の言うところでは、これは食事拒否症《きょひしょう》と呼《よ》ばれるものだそうです」

「いや、むしろ加齢性頑固症《かれいせいがんこしょう》ってやつさ」ウルトラ警部はぶつぶつ言います。

「…ならびにお皿部局に対する反抗《はんこう》、ねえ、そうだろう、ブロートハーゲさん」巡査長が付け加《くわ》えます。

エーバーハルト・ブロートハーゲはたくさんの書類《しょるい》にサインさせられ、空色の男たちは、彼にもう一度、訓告《くんこく》を与《あた》えます。

「ブロートハーゲさん、宅配《たくはい》サービスの食事は、必《かなら》ずしも常《つね》にベストとは言えませんが、べつに命《いのち》にかかわるものではありません。いずれにせよ、ずばり致命的《ちめいてき》とは言えません」警部が驚《おどろく》くほど辛抱強《しんぼうづよ》く説明《せつめい》します。「多少なりともやる気があれば、あなたはちゃんとやれるのです。あなたは自分に責任《せきにん》がある、大きな責任があることはご存《ぞん》じでしょう」

「ええ、ええ、知ってはいますけど」ブロートハーゲさんは口ごもります。

「どのような責任か、もう一度おっしゃってください」マリーン巡査長が、はげますような微笑《ほほえみ》を浮《う》かべて催促《さいそく》します。

「私の食事行動によって、私はまずこの町の西部地域《ちいき》、バイパス道路《どうろ》及《およ》び町の中心地域における天候について責任を負《お》っています。とりわけスポーツのイヴェント、歩行者天国《ほこうしゃてんごく》、のみの市《いち》などの期間中《きかんちゅう》、ならびに夏季《かき》にオープンカフェが営業《えいぎょう》している期間には、お皿の食べものの完食《かんしょく》によって、私は多くの人々を満足《まんぞく》させ、当地《とうち》の商工業《しょうこうぎょう》の売り上げ増大《ぞうだい》に重要《じゅうよう》な寄与《きよ》を成《な》し遂《と》げられるのです」

「すばらしい、よくおっしゃいました」警部《けいぶ》はほとんど有頂天《うちょうてん》と言ってもいい喜《よろこ》びようでさけびます。「しかし、今はもうお帰りにならなくちゃ。マクラメ織《お》りのみなさんは、きっとあなたがいないのに気がついて、さびしがっているでしょうから」

巡査長は子どもたちに向かって言います。「どう、君たち、すこしはわかってきたかい?」

サラとマークには、とりわけ、この二人が自分たちより上手《うわて》であることがわかってきました。——要《よう》するにこの二人の男はどんなことでも知っているのです。空色の自動車は中央駅を過《す》ぎ、いまや郊外区域《こうがいくいき》をすべるように走っています。雲が現《あらわ》れ、雨が降ってきます。「ブロートハーゲの影響力《えいきょうりょく》はここまでは及《およ》ばないんだ」警部が残念《ざんねん》そうに言明《げんめい》します。

「それじゃあ、誰《だれ》がこの辺《へん》のお天気を決《き》めてるんですか?」マークが尋《たず》ねます。

「さあて、正直《しょうじき》なところ、それがわからないんだ。アメリカ東海岸《ひがしかいがん》の誰かだろうと推測《すいそく》しているがね。わが社の食べ残し調査部《ちょうさぶ》がいま検証《けんしょう》しているところだ。こういったことはすべて、これからだんだんと分かってくるよ」

今自動車は幅《はば》の広《ひろ》い幹線接続道路《かんせんせつぞくどうろ》に曲《ま》がりこみます。数メートル進《すす》むと道路は空色になり、大きな、ガラスを多用《たよう》した空色の事務所《じむしょ》に通《つう》じています。建物《たてもの》の屋根《やね》には、大きな文字で「有限会社《ゆうげんがいしゃ》お皿監視《さらかんし》センター」と出ています。

「今までこんなの見たこともないわ。おばあちゃんのおうちへ行くとき、いつもこの辺をずぅーっと通《とお》るのに」サラが不思議《ふしぎ》がります。

「実際《じっさい》、目では見えないさ」ウルトラが説明します。「すべてがトップシークレット、重要機密《じゅうようきみつ》なんだ。まあ、ちょっと考えてもごらんよ。もし我々の情報《じょうほう》がふさわしくない人々の手に落ちたとすれば…」

「その結果《けっか》は想像《そうぞう》を絶《ぜっ》しますね」マークが深刻《しんこく》な声で言います。マークは、「想像を絶しますね」という口癖《くちぐせ》の年寄《としよ》りのご婦人《ふじん》たちが出てくる本を読んだばかりだったのです。でもマークは、本当は何だって想像できると考えています。これが人間の思考《しこう》のすぐれたところです。とはいえこんな警部《けいぶ》と巡査長《じゅんさちょう》が存在《そんざい》するなんてことは、そうあっさり想像はできなかったでしょう。この二人は別にだれかが思い浮《う》かべたわけではないのに、残念ながらすでにそこに存在していたのですから、今となって彼らを存在しないものと見なすことはできません。特《とく》に新聞《しんぶん》には、こういったことがしょっちゅう書かれていますね。ヘリコプターの存在しない生活《せいかつ》は、もはやわれわれの想像を絶する、と最近《さいきん》、ある記事《きじ》に書いてありました。とんでもないことです。こんなことはほんとにやさしいことで、マークは一秒《びょう》とかからないうちに、あっさり地球中のヘリコプターを存在しないものと考えることができるでしょう。ただ、ちょうどヘリコプターに乗《の》っているとき、すべてのヘリコプターを存在しないものと考えるのはまずいことで、これは危険《きけん》なことになるかもしれません。このような場合《ばあい》には、さらに加えて重力《じゅうりょく》も存在しないものと考えるか、あるいは安全着陸《あんぜんちゃくりく》できる大きな干草《ほしくさ》の山もついでに思い浮《う》かべる必要《ひつよう》があるでしょう。

お皿監視《さらかんし》センターにて

センターにようこそ」巡査長が言います。四人は「有限会社お皿監視センター」のロビーに足を踏《ふ》み入れます。当然《とうぜん》、ここではだれもが空色の制《せい》服《ふく》を着用《ちゃくよう》していますが、それがすこし汚《よご》れているような感《かん》じです。これはお天気のせいで、制服は空の色に応《おう》じて変わるんだ、と巡査長は二人の子どもに説明します。

「それじゃあ、夜はすっかり黒い色になるのね？」サラが想像して言います。

「黒色。それに上品な星模様《ほしもよう》がついてるんだ」ウルトラ警部がすこし誇《ほこ》らしげな調子《ちょうし》をこめた声で答えます。

マークはこの会社全体をお皿監視屋と呼《よ》ぶことにしましたが、ここには驚《おどろ》くほど大勢《おおぜい》の所員《しょいん》がいて、ひどく忙《いそが》しそうに廊下《ろうか》を走り抜《ぬ》け、書類《しょるい》のファイルを一つの事務室《じむしつ》から他の事務室へ運《はこ》び、モニター画面《がめん》をじっと見つめ、コンパスと地図用の三角定規《じょうぎ》を使って、ひどく古風《こふう》な感じの計算をしたりなど、いろいろなことをしていました。小さな事務室には、ひげを生《は》やした老人がすわり、船舶用《せんぱくよう》の六分儀《ろくぶんぎ》を操作《そうさ》していました。「あの人は宇宙における我々の正《せい》確《かく》な位置《いち》を定《さだ》めているんだ」、とウルトラが説明します。「つまり我々はここでは、機械《きかい》だけに頼《たよ》りきるつもりはないんだよ」

ガラス張《ば》りのエレベーターで、彼らはセンターの中心、センター本部《ほんぶ》がある三十二階へ昇《のぼ》ります。数百ものモニター画面《がめん》で、お皿監視人たちは、全員、彼らにとって関心《かんしん》のある出来事《できごと》を追《お》っています。マリーン巡査長が姿《すがた》を見せるとすぐ、一人の女性所員が彼にむかって言います。「これ見える？　トービアス・シュトラウホのお皿…」

「ちくしょう」とマリーンはけちをつけます。「もうまたきれいにカラにしやがった」

「これでもう三皿めよ」女性所員が心配そうに付け加えます。

「ちょっとサン・アントンに切り替《か》えてみて」

となりの画面には、運行中止《うんこうちゅうし》のスキーリフトのそばで、どうしたらいいかわからずに、ギラギラする太陽に向かっておどかすように両《りょう》こぶしを振《ふ》り上げている人々が映《うつ》ります。

「さてと」ウルトラ警部は言います。「これで君たちも、全体がどう関連《かんれん》しあっているかがわかるだろう。このトービアス・シュトラウホはもう数ヶ月以来、監視中《かんしちゅう》だ。彼のお皿はチロルの大きなスキーリゾート地と関連している。残念なことにやつの食欲《しょくよく》はものすごくて、そのため現地《げんち》の雪はほとんど全部、融《と》けてしまったんだ」

サラとマークは画面を見つめ、オーストリアの人々が興奮《こうふん》して走り回るのを見ました。太陽に向かって石を投《な》げる人さえいました。

「何もできないの、ここで？」サラが尋《たず》ねます。サラは誰かが腹を立てているのが好きではないのです。ウルトラ警部は横から彼女を見つめ、手であごをこすり、それから今度はなんとすこしニヤニヤします。

「もちろん、トービアスにちょっとお説教《せっきょう》をすることもできる、君たち二人のいたずらっ子にしたようにね…」

「我々としては食事不適応者《しょくじふてきおうしゃ》をその都度例外《つどれいがい》なくここへ連行《れんこう》するわけにはいかないんだ。君たちの件は本当に例外だった」マリーン巡査長がブツブツ言います。

「ええ、ええ、わかっています」マークは大きな声で返事をしますが、本当はぼくたちも例外扱《あつか》いしてくれないほうがよかった、と思っています。実はもうとっくに家に帰りたいのです。好きなテレビ番組はもう始まっています。お話をする食器《しょっき》用ブラシと歌を歌うピューレ用すりこ木が出てくるアニメシリーズです。

恐怖《きょうふ》の保温《ほおん》プレート

警部はニヤニヤするのをやめました。ニヤニヤするのはくたびれるようです。今、彼はサラを見て、言います。

「君たち、どう思う、ちょっとトービアスのところへ行って、ちゃんと意見を叩《たた》き込《こ》むってのは？」

「意見を叩き込む？」マークは繰《く》り返《かえ》します。

「奴《やつ》に見解《けんかい》を聞かせる、はっきり言う、思い知らせてやる、ってことだよ」

巡査長がうなります。

「つまりその子の良心《りょうしん》に訴《うった》えるってことですね。ちょうどあのエーバーハルト・ブロートハーゲにやったように」、サラが話をまとめます。

三分と経《た》たないうちに、彼ら四人はお皿監視人のヘリコプターに乗っています。トービアス・シュトラウホは別な町に住んでいて、自動車ではちょっと時間がかかりすぎるからです。サラとマークはヘリコプターが初めてです。二人が興奮《こうふん》しているのも無理《むり》はありません。マークはとくにそうで、飛《と》んでいる間中ずうっと、ヘリコプターを頭から消してはいけないと努力《どりょく》して考え続けています。四人はもくもくした雲をいくつか飛び越《こ》え、食事不適応対策所《しょくじふてきおうたいさくじょ》の二人は、頭をかしげ、メモを取《と》ります。下にはリンゼンゲリヒト、バルトローク、ガーベルスビュンデンなど、奇妙《きみょう》な地名があり、最後に四人はプラッツデックヒェンに着きます。サラとマークはヘリコプターから、この町に入る道路際《ぎわ》に記《しる》してある町名をとてもはっきり読み取ることができます。そこには「フェストエッセン郡《ぐん》、プラッツデックヒェン町」と書いてあります。町の東端《とうたん》、同じような家が立ち並《なら》んでいるあたりで、四人は、ほぼサウナ用タオルくらいの芝生《しばふ》の上にピンポイント着陸《ちゃくりく》します。回転翼《かいてんよく》がいくつかのツルバラとシャクナゲの植《う》え込みの頭を刈《か》り込みますが、そのときはもう四人には、このいまましいトービアスが台所《だいどころ》に立って、レンズマメとスモークソーセージ入りのスープをお皿によそっているのが見えています。どう見ても四杯目《はいめ》くらいのようです。

「それにしても本当においしそうだなあ、ぼくのうちでは出たことないよ」マークがため息《いき》をつきます。

みんなは家をぐるりと回って、玄関《げんかん》の呼《よ》び鈴《りん》を押《お》します。しかるべき手順《てじゅん》を踏《ふ》まなければならない、というわけです。頬《ほお》をふくらませてモグモグしながら、トービアスがドアをあけて言います。「母はいません。父が私を迎《むか》えに来るのは週末《しゅうまつ》になってからです」

「お父さんがあのエディータとまた旅行中でなければな」ウルトラ警部があきらめたようにうめきます。「入っていいかな?」彼はトービアスのそばをすり抜けて、テーブルわきにゆったりと腰をおろします。トービアスもそれ以上、気を散《ち》らされることもなく、堂々《どうどう》と食事に手を伸ばします。スープがずっと冷《さ》めないでいるってことはありませんからね。

「なんだかとてもおいしそうじゃないか」警部が息を荒《あら》くして言います。「しかし四皿《さら》っていうのは、ちょうど三皿分、多すぎるよ」

「五シャラです」トービアスは口にいっぱいものを入れたまま、言います。

「これは五シャラ目で〜す」彼は呑みこみます。「食べますか？　まだじゅうぶんありますよ！」

警部はオーブンの上でグツグツ煮《に》えている巨大《きょだい》な釜《かま》を見て、あきらめたように肩《かた》をすくめ、それからトービアスがこんなに食べると、チロルでは雪が融《と》けてしまうことを説明し始めます。トービアスは、だってこんなにおいしいんだし、ここではどっちみちろくなことができない、ここの住宅地の子どもたちはバカだし、ペットを飼うこともできない。お母さんには例《れい》のアレルギーがあるから、と言います。ひとことで言って、この男の子は、面倒《めんどう》なケースです。

面倒なケースに対《たい》しては、お皿監視人にはもちろんそれなりのやり方があります。今、すぐに彼らが用いようとしているのは、一種《しゅ》の保温プレートのように見えます。彼らはちょっと抵抗《ていこう》するトービアスを上に乗せ、いくつかのスイッチをひねります。トービアスは震《ふる》えはじめる様子《ようす》で、突然《とつぜん》、ぼんやりした目つきになります。

「睡眠術《すいみんじゅつ》だ」マークがささやきます。

「催眠術《さいみんじゅつ》っていうのよ、あれは。ばかねえ」サラがささやき返《かえ》します。

今、マリーン警部はいくつかの調節器《ちょうせつき》をいじり回し、ボタンをいくつか調節して、どうも一種のコードを打ち込んでいるようです。トービアスはますます激《はげ》しく震《ふる》えはじめ、最後には警告《けいこく》ランプが赤くついて、保温プレートは自然とスイッチが切れます。「食欲座標《しょくよくざひょう》とお皿処理度《しょりど》を変更《へんこう》し、空腹係数《くうふくけいすう》を下げ、食欲圧《しょくよくあつ》を絞《しぼ》った。今度はうまくいくはずだ」警部が説明します。

「ははあ」サラが言います。「そうするとこの子は以前よりも食べなくなって、このサン・アントンでは以前よりいっぱい雪が降るってわけね」

「そのとおり」警部はうなずきます。「本当を言うと、別に以前より食べる量《りょう》が大幅《おおはば》に減《へ》るというわけじゃない。でもこの子はいつも、よそったものの半分だけを食べて、残りは鍋《なべ》に戻《もど》してしまう。そしてまた新しくよそう。決定《けってい》的《てき》なのは、できるだけたくさん皿の上に残しておく、ってことなんだ」

マリーン巡査長のケータイが鳴《な》ります。彼は電話を取り、うなずき、ニコッとします。「新雪《しんせつ》五センチ」

彼らはトービアスをそっと保温プレートからおろし、相変《あいか》わらずまだちょっとぼんやりしている彼を、テレビの前にすわらせます。

帰りの飛行の途中《とちゅう》、お皿監視人たちは、サラとマークを二人の家の前でおろします。

「じゃあ、君たち二人、がんばってね。ちゃんと食べて、お皿をカラにしようね。これがどのような影響《えいきょう》を与《あた》えかねないか、君たちはもう知っているわけだから」

お皿一枚ではまだ全貌《ぜんぼう》はわからない

その後の数週間、子どもたちは奇妙《きみょう》な変わりようを見せ、これはお母さんにもすぐわかりました。二人はお皿にのっているものを原則《げんそく》としてすべて食べます。とは言え、できるだけお皿に取り分ける量が多すぎないようにし、その後、何時間もの間、ひそひそ声で食事の話をし、奇妙な表を作ります。お母さんは、自分が作った赤カブ・リゾットとセロリ・ムースを食べてもらえるので、うれしく思う一方、他方では、これがどうもノーマルでないことがわかっています。しかし子どもたちのささやきを聞いても、お母さんはやはり何のことだか、わかりません。

「理屈《りくつ》に合わないよ」マークは言います。「バングラデシュの人々には太陽だけではなくて、ときには雨だって大切なんだから」

「たしかにそうね。それにもし、私たちが別なお皿を買ったら、または私のお皿が割《わ》れてしまったらどうなるの？　朝ごはんのときのお皿、ときどきコーヒーを飲むときに使うあの小さい皿は？」サラは沢山《たくさん》の質問《しつもん》を一覧表《いちらんひょう》にしておきました。次に会ったとき、お皿監視人たちにこれらの質問をつけるのです。

「何がお皿にのっているかってことも、けっしてどうでもいいことじゃないよねえ。パンケーキだと、ぼくたちは六枚か七枚食べるもんねえ…」

「八枚」とサラは言います。「あなたはいつもパンケーキだと八枚食べるじゃない」

「どっちにしても」マークはこの反論《はんろん》をもみ消してしまいます。「その後、どこかでひどく暑くならなきゃならないはずだ」

「あのトービアスのことを考えればいいのよ。あの人たちがあの子をどうしたか。どうもあの時は、あの子がいつもお皿になにか残すってことが大切だったみたいね」

子どもたちは食事を真剣《しんけん》に考えすぎる、食べて楽しいっていうこともなくちゃ、とお母さんは考えます。二人の子どもはサラの部屋《へや》に引っこんで、世界地図の前に陣取《じんど》り、いろいろな場所の間に結合線《けつごうせん》を引きます。正確《せいかく》に言うならば、二本の結合線だけです。一本はプラッツデックヒェンからサン・アントンへ、他の一本はカントシュタイナー家からバングラデシュへです。エーバーハルト・ブロートハーゲは別に結合線がいりません。彼は現地《げんち》のお天気に影響《えいきょう》をあたえているだけなのですから。

「どうやったら見つけ出せるかなあ。ええと、たとえばピザ屋のペペローニのお皿がどこにどのような影響をおよぼすかを?」

サラはよく考えます。「ものすごく大量に食べるか、ものすごくすこし食べるかのどちらかね。それでそのすぐ後、どこかに目立つお天気が発生《はっせい》すれば、関連があるってことがはっきりするわ」

このような状況で人々がいつもするように、マークは髪の毛をかきむしります。年配《ねんぱい》のご婦人《ふじん》たちが「想像を絶しますね」と言う本の中では、彼女たちは、こう言ったあとで、どっちみち髪の毛をかきむしることになっています。これはもちろんとても古い本で、今では普通《ふつう》の生活では、だれも髪の毛をかきむしることはありません。本当を言うと、どうすればそうなるのか、ちゃんと知っている人はもうほとんどいないし、床屋《とこや》さんにむかって、「髪の毛を洗《あら》って、かきむしってください」などという人はいません。しかし原則《げんそく》として事はつぎのように進みます。頭のどこか、まあ横か前がいいのですが、そこの髪の毛に指を突《つ》っ込《こ》み、二回か三回、マッサージの動作をします。そうすればもう髪の毛をかきむしったことになって、一件落着《いっけんらくちゃく》です。ちなみに誰《だれ》か別な人を相手にして、違《ちが》うふうに、つまりけんかのために、相手の髪の毛をかきむしることもできます。しかしそのようなかきむしり合いの場合、二回や三回のマッサージの動作ではどうにもなりません。マークは、とかくの間にじゅうぶん髪をかきむしりました。というのも思いついたことがあったからです。

「ぼくたちは」彼は言います。「会議《かいぎ》をひらかなければ…」

「ウノメ・タカノメ探偵団《たんていだん》の会議」とサラが補足《ほそく》します。サラは考えるために、自分のヘアースタイルをめちゃくちゃにすることなんてけっしてないでしょう。

お皿大混乱《だいこんらん》

ウルトラとマリーンが戻って以来、お皿監視中央センターはずっと大騒《おおさわ》ぎです。みんなは大声でわめいたり、腕《うで》を振り回したり、興奮《こうふん》した様子《ようす》で走り回ったりしています。六分儀《ろくぶんぎ》を持った老人は、上の階のコントロール・ルームに呼び出されます。そして何年も前から地階で仕事をしているもう一人のもっと年寄りの男、本当を言うと、風向きを感知《かんち》するための、とても湿《しめ》った、しかし敏感《びんかん》な人差《ひとさ》し指を持っているということのほかには、べつに能のない男が、おなじように入念《にゅうねん》に気合をいれられています。何か問題がおこったようです。というのは、部屋の真っ只中《ただなか》にすばらしくきれいな空色の制服《せいふく》を着たブロンドの女性が立っていて、その制服のうえは、よくよく目を凝らすと、いくつかの黒雲がたなびいているみたいだからです。このブロンド女性がひどく腹を立てていることだけはたしかです。彼女はあれこれとわめき、ウルトラ警部とマリーン巡査長は、老人の六分儀のかげに隠れます。女性には腹を立てるじゅうぶんな理由があるようです。「どこまでバカなの、あんたたちは！　二、三枚のみすぼらしいお皿さえ、ちゃんと見張っていられないの？　何のためにあなた方は給料をもらってるの？」

問題は、二、三枚のみすぼらしいお皿以上だ、と抗議《こうぎ》することもできるでしょう。有限会社お皿監視センターは、合計するとこの時点で四千百二十二のお皿を監視しています、いや正確には監視していた、というべきでしょう。というのも何かがうまく行かなかったように見えるからです。いくつかのモニター上に見られる光景《こうけい》は、雪嵐、カラカラに干上《ひあ》がった地面、台風《たいふう》、洪水《こうずい》……

ウルトラ警部はその間に部屋の真ん中でお小言《こごと》を受け止める決心をしていました。こうするほうが見栄《みば》えがいいし、それにまた堂々《どうどう》としています。結局は彼がこの件を正常《せいじょう》に戻さなければならないでしょう。これは今もうはっきりしています。彼とマリーンしかいません、他に誰がいるっていうんでしょうか？

ブロンドの女性はその間、怒鳴《どな》る声がすこし低くなり、もうほとんど普通の話し方になっています。「ウルトラ」彼女は言います。「あなたがこの件を原状に戻さなければなりません。すぐ私の事務室《じむしつ》にいらっしゃい、そのなんとか言う巡査長もいっしょに！」

彼女はかかとでクルリと回れ右をして、分厚い革張《かわば》りの防音《ぼうおん》ドアの後ろに姿を消します。

ウルトラ警部は何かを探すように後ろを振り向きます。「なんとか巡査長、こっちへ来い」するとマリーンはこの部屋のどこか奥から、まるで何事もなかったかのように現れます。二人は同じく革張りドアの背後に消え、十分ほど後に、またそこから現れます。ウルトラは指で年寄りを示します。

「キャプテン・シュルツ、君も加《くわ》わるんだ。我々には君が必要だ。問題は全体に及《およ》ぶんだ」

老人はゆっくりとうなずき、自分の六分儀のねじを緩《ゆる》めてはずし、コンパスとバロメーターをしまって、二人に付《つ》き従《したが》います。

ウノメ・タカノメ、見逃《みのが》すな

カントシュタイナー家の中央センター、つまりキッチンでは、とかくの間に四人の子どもが食卓をかこんで、相談しています。サラとマーク、すこしメタボな男の子とすこしメタボなめがねをかけた女の子、この四人です。男の子はフィードー、女の子はマリー・クレールという名前です。フィードーは、フィン・デートレフ・オーバーマイアーをちぢめた形、マリー・クレールはヴァネッサをちぢめた形、というよりはむしろ一種《いっしゅ》の芸名《げいめい》です。「ウノメ・タカノメ探偵団」はこれで全員集合です。フィードーのお父さんは、とくに気をつけなければならないと思うとき、いつも「ウノメ・タカノメ、見逃《みのが》すな」と言います。フィードーはすぐに調《しら》べ、鵜《う》が水中の魚を探し、鷹《たか》が獲物《えもの》の小鳥を狙《ねら》うときの鋭《するど》い目つきから、この言い方が出てきたことをつきとめました。

マリー・クレールとフィードーは、お皿監視人の話がうそでないことを、一瞬も疑《うたが》いませんでした。というのも「ウノメ・タカノメ」の全員は、お互いにいつも本当のことを言う義務《ぎむ》を負っているからです。「もしそうでなければ、もう誰も信用《しんよう》できなくなるから」、とフィードーは言います。探偵《たんてい》として我々《われわれ》は、我々以外の世間《せけん》の人々はみんないかさま野郎《やろう》だと思う、すくなくともいかさま野郎でないことが証明《しょうめい》されるまではそう思う必要《ひつよう》があるからです。したがってクラブではこの非常にきびしい正直《しょうじき》な態度《たいど》を守っています。ウノメ・タカノメは三年前から存在しています。サラ、マリー・クレールとフィードーは、アルフレート・ポルガー校の同じクラスに通っています。そしてマークが加わることを阻《はば》もうと思うならば、「塩酸《えんさん》で一杯にした浴槽《よくそう》に漬《つ》けて溶《と》かすよりほかに方法がない」とフィードーは言います。「しかしこれは法律《ほうりつ》に反するし、我々の年齢ではこういう化学物質《かがくぶっしつ》を手に入《い》れるのがむずかしい」

　そのほかの点では、ウノメ・タカノメ探偵団は、探偵団に必要なものをすべて持っていました。スタンプ、便箋《びんせん》、身分証明書《みぶんしょうめいしょ》、秘密インキ、さらには、インターネットの時代には、もう必要ないのですが、秘密書類の受け渡《わた》し用のメールボックスさえありました。おまけに探偵団には会則《かいそく》と、現在残高三ユーロ四十三セントの共同貯金《きょうどうちょきん》もありました。

サラとマークが始めてお皿監視人の話をしたとき、フィードーはすぐに何もかも見通《みとお》す探偵の慧眼《けいがん》を働《はたら》かせて、こう言います。「このお皿監視人たちは、慈善団体《じぜんだんたい》じゃない。これはたしかなことだろう」

それでは、彼らは何なのでしょうか?

狂乱《きょうらん》状態と家具の並《なら》べ替《か》え

ウルトラ警部、マリーン巡査長、そしてキャプテン・シュルツはまったく違うことを頭に浮かべていました。彼らは世界のお皿をコントロールしなければなりません。さもないとゴタゴタが起こります。目下、彼らはお得意《とくい》様《さま》回りをしているところです。最初のお得意様は、またもエーバーハルト・ブロートハーゲです。もう、お皿を空《から》にしてはいけない、すくなくとも毎日空にしてはいけないと聞いて、彼はびっくりします。町は乾燥《かんそう》しすぎている、植木《うえき》屋《や》は文句《もんく》を言うし、下水《げすい》からはへんな悪臭《あくしゅう》が立ちのぼり、喫茶店《きっさてん》やレストランの営業妨害《えいぎょうぼうがい》になっている、というのです。

「それじゃあ、お皿を空にしなければならない日には、グルメレストランのラウテンシュレーガーに出前《でまえ》を頼《たの》めますか?」この老人はおどろくほど抜《ぬ》け目《め》なく尋ねます。

ウルトラ警部はあっけにとられたように彼をじろじろ見つめ、センターに電話します。

「オーケー、ブロートハーゲ」彼はブツブツ言います。「週二回はラウテンシュレーガーから完食用に取り寄せる。残りは今までどおり、宅配サービスだ」

「それで、もしその食事が例外的《れいがいてき》においしかったら?」

「それでも残すんだ」

お皿監視人用の自動車は、いつものように空色です。しかし今回の車は一種の配送車で、ガラスの覗《のぞ》き窓《まど》がついています。丸天井《まるてんじょう》の下にはキャプテン・シュルツがすわり、一心不乱《いっしんふらん》に計算しています。マリーン巡査長は彼をしばらく見つめて、それから言います。「かなり計算高いタイプだな、このシュルツは」

「そうだ」と警部が答えます。巡査長の軽口《かるくち》には応じようともしません。「やつがいてよかった。やつはどのお皿でも知っていると言ってもいいからな」

これは大切なことです。というのは今までのところ、お皿監視人にとって状況はこうなっているからです。ハワイの近くでちょっとした海底地震《かいていじしん》が起こりました。たいして目立つ地震ではありませんでしたが、それ以来あきらかにお皿座標《ざひょう》が変化したのです。微調整《びちょうせい》がもはやうまく行かないこともしばしばです。ウルトラのお好みのせりふで言うと、修正《しゅうせい》が必要です。おまけにある種のお得意先のお皿処理度を変更する必要があります。たとえばまたあのトービアス・シュトラウホの場合です。サン・アントンにはいまやじゅうぶん雪があります。じゅうぶん以上です。あの悪童《あくどう》はまた好きなだけ食べていいのです。

ウノメ・タカノメ探偵団は、なにかを検算《けんさん》しなければならない場合に備《そな》えて、一番いいコンピュータを持っているマリー・クレールの部屋に集まっています。「まずはじめに」フィードーが弁《べん》じます。「我々は、お皿とお天気とに関する件が、そもそも合っているかどうか、突《つ》き止《と》める必要があるだろう」

「しかしぼくたちは見たじゃないか！」マークがさけびます。

「ナンセンスだ。君たちが見たのはモニターに映った映像《えいぞう》だけだ。あんなものはどういうふうにもごまかせるさ」

「あのブロートハーゲじいさんの一件は？」

「なにかのトリックだったのかもしれないさ」フィードーは言います。

「でもあの人がお皿のものをきれいに片づけて空にしたとたんに、あられがすぐ降《ふ》り止《や》んだぜ」

「ふうん、偶然《ぐうぜん》だったかも」フィードーがあまり納得《なっとく》しないように言います。

「サラが提案したように、わたしたちはこれから食事実験をしなければいけないわ」マリー・クレールが言い、めがねを指でぎゅっと額《ひたい》に押し付けます。

「ピザ料理店に行って、各自マルゲリータを一つ注文《ちゅうもん》する。でも一口も食べないのよ」

「十四ユーロはかかる」フィードーが注意を促《うなが》します。「しかも何も食べていないってことになるんだぜ」

「じゃあだれかにおごってもらわなきゃあ。お母さんに訊《き》いてみるわ」マリー・クレールは言います。すると本当にお母さんは四人にそれぞれピザ一つとコーラ一杯分の寄付《きふ》をしてくれます。ただし邪魔《じゃま》されずに数独《すうどく》クイズが解《と》けるように、四人が少なくとも二時間は外に出ているという条件《じょうけん》です。

しかしマークは、ピザとコーラをそんなにあっさりあきらめる気にはなれない、やっとのことで、ほんとうにいいものが食べられるところなのに、それを食べずにおけだなんて、と断固《だんこ》として拒否《きょひ》します。彼は、せめてコーラを飲ませろと、きいきい声でわめき始めます。レストラン中の注目《ちゅうもく》を引くまえに、マリー・クレールが介入《かいにゅう》し、ささやきます。

「すぐ、あなたにダブルチーズバーガーを買ってあげるわ」

「約束《やくそく》だな？」

「探偵団に二言《にごん》はないわ！」

実験《じっけん》は支障《ししょう》なくおこなわれることになりました。四人は一致《いっち》して、お腹が痛《いた》いと言って食事を下げさせました。ふだんはあまり太っ腹とは言えない店主のジョゼッペですが、四人のためにピザを全部お持ち帰り用にパックすると言いました。しかしサラは、ピザはもう見たくない、と言って断《ことわ》ります。

すると店主は、あんた方は子どもなんだから、と言って、勘定《かんじょう》の半分だけをいただく、と言います。しかしフィードーははっきり言います。「ぼくたちは子どもとしてではなく、探偵として今日ここに来ているんです」

そして唖然《あぜん》としているジョゼッペに二十ユーロ渡します。

「お釣《つ》りはとっておいてください」

それから四人はまっしぐらにマリー・クレールの家へ急ぎます。でも途中《とちゅう》でハンバーグ屋に立ち寄り、マークのために、ダブルチーズ・ハンバーガーを買いますが、これは少し長くかかります。マークがおまけの人形のどれを選ぶべきか、話すトイレットブラシにするか、話す窓ふき用のセーム革にするか、話す洗濯《せんたく》バケツにするかを決《き》めかねたからです。行列《ぎょうれつ》が店をはみ出して路上《ろじょう》にまで達《たっ》したとき、いらいらした女性店員は、人形を三つ全部差《さ》し出します。

「すっごい」マークは顔を輝《かがや》かせます。

「ぞっとするね」フィードーが言います。「どうやったら、こんなバカになれるんだろう」

マリー・クレールの家に着き、みんなは「今日のニュース」をつけて、待ち

構《かま》えます。

不調《ふちょう》に終わった和平会談《かいだん》、ドーピング疑惑《ぎわく》の自転車レーサー、子どもと十六歳未満《みまん》の青少年を対象《たいしょう》に、ハンバーガーの中におまけのプラモデルを入れるのを禁止《きんし》する法案《ほうあん》、瀬戸物《せともの》を積《つ》んでいたトラックが事故《じこ》をおこしたためA5道路が渋滞《じゅうたい》、ラガーフェルドの新しいコレクション、要人《ようじん》のカザフスタン公《こう》式訪問《しきほうもん》……これらはみな、該当《がいとう》しないようです。もしかすると気象情報《きしょうじょうほう》に出てくるかも。雨、太陽、雲、みな退屈《たいくつ》です。ああ、あった。ハノーヴァーの一区域《くいき》でだけ起こった激《はげ》しいつむじ風。屋根が二つ飛ばされ、自動車が十二台、めちゃめちゃに壊《こわ》れました。

「フーム」フィードーはつぶやき、イライラのあまり、サラがいつか探偵の小道具《こどうぐ》として買っておいた付け髭《ひげ》を一つ顔につけます。

「あ、あれ、私たちだった？」マリー・クレールは、震《ふる》える声で尋《たず》ねます。

「それを検証《けんしょう》しなければならない、予見《よけん》を排《はい》してね。ぼくの言っていることがわかるかい？」とフィードーが、講義《こうぎ》をします。

「うんにゃ」とほかの三人は言い、次の日にサラとマークの家で集《あつ》まろうと約束《やくそく》をします。

それと同じころ、ラングニア（バングラデシュ）で

「ママ、なんでカントシュタイナーさんから小包《こづつみ》が来なくなっちゃったの？」アムプラムが尋ねます。ファルーク家の一番年上の娘です。

「たぶん今は全部、自分で食べているんじゃないかしら。なんでそんなことが気になるのか、まるでわからない」お母さんが言います。「いちどもおいしいって言わなかったじゃないの」

「でも、郵便物をもらうってすてきよ。私たちの村でドイツから小包をもらう人は、ほかに誰もいないわ」

「まあ、そうね」お母さんはあまり関心がなさそうに言います。お母さんは新しい半導体《はんどうたい》の連結《れんけつ》のプランを練《ね》り、もう一度指を折《お》って抵抗値《ていこうち》を計算しているのです。

夕食のとき、お母さんは言います。「カントシュタイナーさんたちに、食べるものがじゅうぶんにないから、ってこともあるかもしれないわね。ぎりぎりお腹がいっぱいになるだけしかない、ってことかもしれないし」

「ドイツでもそんなことってあるの？」末息子《すえむすこ》のバーラニが尋ねます。

「インターネットでドイツの貧困《ひんこん》についての記事を読んだことがあるわ。だから、そういうこともあるかもしれないって思ったわけ」お母さんが言います。

「じゃあ、私たち、なにかしなくちゃ」アムプラムが言います。

「カントシュタイナーさんたちにお金を送ることもできるんじゃないの」アヌーシュカが言います。

「それとも何か食べるものを」、とパラムが提案します。

「そうねえ、みんな。そう悪い思いつきじゃないかもしれない。一度、村のいちばんの長老《ちょうろう》に訊《き》いてみるわ」

子どもたちはさらにちょっとの間、骨が浮き出るほどやせ細ったカントシュタイナーさんたちの恐《おそ》ろしい姿を思い浮かべ、ひょっとして「カントシュタイナー・救援《きゅうえん》・ライブ」と銘打《めいう》った慈善《じぜん》コンサートを開けないかどうか、考えてみます。サヌプレーム・シャンカールに打診《だしん》して、「ヒップ・ホップ・シターバンド」を引き連《つ》れて出てくれるかどうか尋《たず》ねることだってできる。そして政府はカントシュタイナーさんたちに、借款《しゃっかん》を供与《きょうよ》することだってできるかもしれません。

でもお母さんはそのとき、あることを思いつきます。「カントシュタイナーさんが本当に貧乏しているなら、きっとドイツの新しい王様が助けてくれるでしょうよ」

「いつから王様がいるの、それは誰なの?」アムプラムが尋ねます。

「ほら、あのハルツ四世よ。毎日のようにインターネットに何か載《の》ってるでしょ」とお母さんが答えます。

《バングラデシュはドイツからだいぶ遠いので、ファルークさんはドイツ事情《じじょう》についてちょっと誤解《ごかい》しているようです。ここで出てくる「ハルツ四」は、王様の名前ではなく、ドイツ政府の「労働政策《ろうどうせいさく》に関する構想案《こうそうあん》」の名称《めいしょう》です》

お天気仕掛《しか》け人の『星の時間』

ウルトラ警部、マリーン巡査長、キャプテン・シュルツは、ほぼ三日来、ずうっと出歩き、不安定になっていた国内のお皿結合関係《けつごうかんけい》を、だいたい全部、正常化《せいじょうか》することに成功《せいこう》しました。お天気を再《ふたた》び手中《しゅちゅう》におさめたと言ってもいいでしょう。この際《さい》、キャプテン・シュルツの見解《けんかい》によると、保温プレートの使用がすこし多すぎました。実を言うと毎回《まいかい》かならず使われたのです。

「うん、まあね」ウルトラがいらだったように、ぶつぶつと言います。「あなたの時代にはもちろんまだ事情はちがっていた。あの頃はまだ余裕《よゆう》が、つまり人々をじゅうぶんに責《せ》め立て——ええと、説得《せっとく》する余裕があった。でも自分でもわかってるだろう、今の世の中では万事《ばんじ》がスピーディーに進行《しんこう》しなけりゃあ。さもないとあのばあさんが気が狂いそうになるからね」

「気が狂いそうになる、じゃない、あのばあさんは気が狂っているんだ」とマリーン巡査長は自分の見解を述べます。しかしシュルツは首を振ります。

「君たちに言っとくけど、いつまでももうこんなふうにうまくはいかないよ」

「そうかそうか、あなたの六分儀《ろくぶんぎ》でそれを探り出したのかい?」ウルトラが面白《おもしろ》がって言います。

「いや、経験《けいけん》がそう言ってるんだ」

「あなたも保温プレートにノセるべきかな、あなたがまたノリノリの状態になれるように。プレートに乗れば、気分も乗るってもんだ」警部は語呂《ごろ》じゃれを楽しみます。

このふしぎな保温プレートは、ずいぶん、いろいろなことができる器械《きかい》のようです。ただひとつ、お皿を保温することだけはできません。人差し指が湿《しめ》ったあの男といっしょにお皿監視人有限会社を設立《せつりつ》したとき、キャプテン・シュルツがこの器械を作り上げたのです。保温プレートがどのように作動するのか、彼は人に明かしません。しかしこれを使って人間の意志《いし》に影響《えいきょう》を与えることができます。そして元《もと》になっている器械は、ほんとうに、フランスのリモージュの小工場で製造《せいぞう》されたお皿保温プレートだったのです。有限会社お皿監視センターは、この器械を何百台も買い入れ、キャプテン・シュルツの設計《せっけい》にしたがって改造《かいぞう》して、倉庫《そうこ》に備蓄《びちく》しておきました。ウルトラ警部の好《この》む言い方に従《したが》うと、人々の幸せのためにそうしたのです。というのも、おなじくウルトラ警部のお好みの文句《もんく》に従うと、お天気とは人類《じんるい》の最大の悩《なや》みの種だからです。

いずれにせよ、お皿監視人たちは、満足すべき成果《せいか》を挙《あ》げました。ここ三日の内に彼らが成《な》し遂《と》げたことは以下のとおりです。

チューリンゲン南西部にある古城《こじょう》では、お皿がニューヨーク・シティーへのすべての幹線道路《かんせんどうろ》と結合《けつごう》していますが、そのお城ですこし家具《かぐ》の位置《いち》を直しました。――家具の位置を直す、これはふつうあまり好ましい意味ではなく、誤解《ごかい》されそうな言い方ですね。つまり、お皿監視人たちは、このお城では二つのテーブルの位置がずらされ、ピアノが置き場所を変えたことを探《さぐ》り出したのです。本当の意味はむしろ、まずい状態を直す、ということですが、これもまた誤解されそうな言い方ですね。

ところでお皿はよくピアノの上に置《お》かれますね。キャプテン・シュルツは、たいていの人がピアノを買うのは、お皿を置く場所を増《ふ》やすためだと考えているほどです。いずれにせよ食事不適応対策所《ふてきおうたいさくじょ》の三人は、すべてをふたたび元の状態に戻し、城の居住者《きょじゅうしゃ》に対し、ニューヨークの通勤交通《つうきんこうつう》が支障《ししょう》なく機能《きのう》することに責任を持っていることを、よく言ってきかせました。居住者は全員保温プレートにすわらせられたので、このことをすぐに理解しました。

ヘアフォード出身のシュヴィカート夫妻《ふさい》は、スペインの某《ぼう》ワイン生産地と結合しているお皿と家具一式をフリーマーケットで売り飛ばし、例のスウェーデンの超巨大合板《ごうはん》工場で大量生産されている新しいお皿と取り替えたところでした。

ウルトラ警部はあやうく狂乱状態《きょうらんじょうたい》におちいるところでした。しかしもちろん、狂乱状態におちいってどこが悪いのか、ということもできます。子どもたちもよく我《わす》を忘れて夢中《むちゅう》になってしまう状態におちいります。すくなくともたいていの子どもたちはそうですが、フィードーは例外です。彼は断固《だんこ》たる反狂乱主義者《しゅぎしゃ》です。大人になりつつある彼の権威《けんい》にかかわるのだそうです。ウルトラ警部が子どものときの姿を誰も想像できません。だから、彼はこの段階を跳び越えてしまい、そのため今、狂乱の発作《ほっさ》におちいりやすいのだ、と想定《そうてい》せざるを得《え》ません。彼は、二人の中年のヘアフォード市民を即座《そくざ》に「個々の原《げん》子《し》」へとバラバラにし、その後「トイレに流して」しまうと言いましたが、そんなことをしないよう、彼を引き止めるのはかなり骨が折れました。キャプテン・シュルツはその後、誰が食器を買ったかを探り出し、買った人たちのところへ出かけました。彼は、実際《じっさい》気のいい老人のように見えたので、人々は彼のことばに耳を傾《かたむ》け、まったくとんでもないお話でしたが、それを本気《ほんき》にしました。

新たにお皿の所有者《しょゆうしゃ》になった人々に、キャプテン・シュルツは、これらの食器が自分に残された唯一《ゆいいつ》の両親の遺産《いさん》である。これらの食器は、ニューギニアで鳥の観察《かんさつ》をしている間、シュヴィカートさんたちに預《あず》けておいたが、昨日、帰ってきて、この不幸な出来事《できごと》を知った。私は老人であり、晩年《ばんねん》のこれからの日々、両親が残したお皿を使って食事をしたいという望《のぞ》みを抱《いだ》いているだけだ。ニューギニアでは何年間もいっさいのお皿なしで生活し、のこぎりで開いたサルの頭《ず》がい骨《こつ》から食事をすくって食べるしかなかった。クラゲのたまごサラダを添《そ》えたウジムシの煮物《にもの》——話がここまで来たとき、人々は三十二の食器セットがそっくり入ったダンボール箱、さらには一流レストラン「金鷲亭《ゴルドナー・アードラー》」での昼食券を彼の手に押し付け、ご多幸《たこう》を祈《いの》ります、幸せな老後をお送りください、と言い添《そ》えました。

ウルトラ警部はその間、縮《ちぢ》み上がっているヘアフォードの二人の目の前で、彼らが事態《じたい》の深刻《しんこく》さを理解できるように、「スウェーデンのがらくた」を粉々に割ってしまいました。今回は例外的に保温プレートは必要ありませんでした。「ちょっとした実力行使は、ときには千言万語《せんげんばんご》より多くのことを成《な》し遂《と》げる」警部は、以前の食器を再び戸棚に収納したとき、満足げに言いました。シュヴィッカートさんたちには、どれくらい、いつ食べていいか、詳細に決められた詳しい食事プランが渡されます。ワイン生産地は何と言っても、雨、日照、寒さ、あたたかさ、霧などの慎重な混じり合いを必要とするからです。シュヴィッカートさんは規律を守ることが要求されます。その代償として警部は、毎年、無償でワインを三箱もらえるように、じきじきに配慮する、と約束しました。けっきょくこの程度は「妥当な報酬」なのだ、と彼は言いました。

センターでは、警部、巡査長、キャプテンの活躍に、たいへん満足していいます。ウルトラには、主任《しゅにん》警部への昇任《しょうにん》が約束されます。ということは、外勤《がいきん》をしなくともよくなるということです。そして巡査長は近い将来《しょうらい》、ピルマゼンスに自分の食事不適応対策所を開所《かいしょ》し、そこの所長になれるかもしれません。お皿監視人たちにとっては、結局のところ、実《みの》り多い一週間だったわけです。

問題だらけのピザ

ウノメ・タカノメタ探偵団の次の会合《かいごう》は、またカントシュタイナー家の台所で開かれます。みんなはたいへん興奮しています。「決定的な証拠《しょうこ》」を握《にぎ》ろうというわけです。

五分後、クラブの面々はピッツェリーア・ペペローニに出向《でむ》き、四人前のピザ・マルゲリータを注文《ちゅうもん》し、さらに念《ねん》のために（実験方式《じっけんほうしき》を同一にするべく）コーラも四つ頼《たの》んで、それらにいっさい手を触《ふ》れないことにします。

「それって最悪のことだと思うよ。これからのぼくの人生で、それ以上悪いことは起こりっこないよ」とマークが言います。

「まあ待ってろよ」フィードーが陰気《いんき》な声で言います。

うつむいたまま、ピザ店を通って進む四人は、どう見ても大いに食事を楽しみにしているようには見えません。それどころか、すぐこれから筆記試験《ひっきしけん》を受けなければならないとか、可愛《かわい》がっていたモルモットが死んだことをたった今聞いたばかり、というような印象《いんしょう》を与《あた》えます。

「やあ、きみたち、ウノメ・ウオノメ団の諸君《しょくん》、今日はまた何を召《め》し上がるおつもりですかな？」とジョゼッペが尋ねます。ここの料理のシェフ、給仕《きゅうじ》のシェフ、経営《けいえい》のシェフを一身《いっしん》に兼《か》ねた人物です。

「まず第一に、シニョール・ヨーゼフ、我々はウノメ・タカノメ探偵団です。ウオノメ探偵団ではありません」マリー・クレールが冷《つめ》たく彼の言葉を訂正《ていせい》します。「そして第二に、メニューをお願いします」

「おやまあ、メニューね。すぐ持ってくるよ。しかし君たち、今日は改《あらた》まってるね。何かあるの？」

「探偵団の創立記念式典《そうりつきねんしきてん》」フィードーがぶっきらぼうに言います。

「へえ、それじゃボローニャ風スパゲッティーをサービスしよう。この店のおごりだよ。どうだい、君たち？」

ほとんど二年このかた、探偵団はこの瞬間《しゅんかん》を待っていたのでした。二年以来、毎日、彼らのうちすくなくとも一人が、ここで食べるか、食べるものを家に持ち帰るかしています。フィードーのことばによると、彼はもう「メニューを上から下まで隈《くま》なく」食べつくしているのです。お母さんはお料理が好きではありませんし、お父さんはしょっちゅう外食するからです。こういうわけで、みんなはとうに常連客《じょうれんきゃく》になっていましたが、ジョゼッペはケチで有名《ゆうめい》です。マリー・クレールは、彼に映画の話をしてやったことがあります。その映画ではいいイタリアのレストラン経営者《けいえいしゃ》が褒《ほ》めそやされ、彼らのおかげでお客がどんどん増えるありさまが描《えが》かれています。ジョゼッペはじっと聞いていましたが、最後にこう言いました。「出すのはごめん。おれの仕事はがっちりためることだ」

こういうわけで、みんながここで今、経験しつつあるもの、しかし味わうことが許《ゆる》されていないものは、実に大きな瞬間、いや歴史的な瞬間なのです。四人は頭を寄《よ》せ集め、あわただしく囁《ささや》きあいます。ジョゼッペは腕を組んだままそのわきに立ち、子どもたちがうれしさのあまり飛び上がってしまわないので、ほとんど侮辱《ぶじょく》されたような様子です。マークは苦痛《くつう》に満《み》ちた顔をして、自分のむこうずねを何度も押《お》さえます。それからマリー・クレールはたいへんな自制心《じせいしん》を発揮《はっき》して答えます。「気前《きまえ》のいいお申し出ですこと。もちろん感謝してお受けいたしますわ」

「そうだよ、そうだともさ。カレンダーのこの日に赤く印をつけておくよ」ジョゼッペが小躍《こおど》りします。フィードーは彼に同意《どうい》して言います。

「ぼくなら、二重の赤印と言うところですね」

ウノメ・タカノメ探偵団の四人は、こわばった表情でテーブルをかこみ、テーブルクロスを見つめています。マークは赤い格子縞模様《こうしじまもよう》を特ににくにくしげに見つめています。家では今日、フェンネルを添えたトーフバーガーが出たのです。

フィードーが沈黙《ちんもく》を破ります。「はっきりしとくけど、ぼくが全部払うよ。創立記念祝典などというくだらない話をしたのは、結局のところ、ぼくだからな」

ほかの団員たちはうなずいてフィードーを賞賛《しょうさん》します。フィードーには独《どく》自《じ》の風格《ふうかく》があります、これは認《みと》めなければなりません。

「さあどうぞ、プレーゴ！」ジョゼッペがさけびます。「当店特製《とくせい》のボローニア風スパゲッティー四つ」そしてたっぷり盛《も》られ、湯気《ゆげ》を立てているお皿を勢いよく各人の眼前に置きます。

四人は常連《じょうれん》ですから、横に小さなモノグラムがついた専用《せんよう》のお皿を用意してもらっています。S．K．がサラ、M．K．がマーク、F．O．がフィードー、そしてM．C．がマリー・クレールです。

「あら、まあ、すご～い」サラが、すこしやりすぎと思われるほどの声を出します。

「トップクラスだ」フィードーが、まるで感動《かんどう》のない調子で言います。

「ステキです、マエストロ」マリー・クレールが甘《あま》い声で言って、ジョゼッペにウィンクします。マークだけはなにも言わないことにします。こういう状況《じょうきょう》を言い表す言葉が見つからないからです。

ジョゼッペは後ろの方から、自分で自分の気前《きまえ》のよさにうっとりして、四人が急いで食事に取りかかる様子を見ています。というよりはむしろ、四人がまったく動かずにお皿を前にしてすわり、ナイフやフォークに手も触《ふ》れない様子を見ているのです。

「熱すぎたかな?」彼は自信なさそうに尋ねます。

「とーんでもない、ちょうどいい加減《かげん》だったわ」サラがかすれた声でさけびます。

三分が過ぎます。ウノメ・タカノメ探偵団の団員は、まるで剥製《はくせい》にでもなったかのようにそこに座《すわ》っています。こういったものを見るためには、人々は入場料を払って、博物館《はくぶつかん》へ行きます。全体は合成樹脂《ごうせいじゅし》で作られ、次のような立て札《ふだ》が立てられて、来訪者《らいほうしゃ》に必要な情報を提供《ていきょう》することになるでしょう。「四人用テーブル――ドイツ二〇〇八年――手を触《ふ》れないでください」ジョゼッペはこのような趣向《しゅこう》にはあまり理解力がありません。彼がほしがっているのは、夢中になってかぶりつき、店主万歳《ばんざい》と唱《とな》えるようなお客なのです。

「君たち、どうしたんだ?　病気なのかい?」

「食事はすみました。すばらしいお味でした」マリー・クレールは冷たく言って、めがねをきつく、額にめりこむほど押しつけます。「では次に二十二番

のピザを四人前、それと各人にコーラをお願いします」

ジョゼッペは自分の耳を疑《うたが》います。今耳にしている言葉は、彼が見ているものとまったく合わないからです。四人はおれをからかおうとしているのだろうか。それともこれは肝試《きもだめ》しの一種なのだろうか。フィードーはジョゼッペの目を直視《ちょくし》して、はっきりした語調《ごちょう》で言います。「もうお皿を片付けてくださ い。ピザを持ってきてかまいませんよ」

幸いにもこの瞬間に当地の雨傘製造会社《あまがさせいぞうがいしゃ》の従業員《じゅうぎょういん》たちが店に入ってきました。店は騒《さわ》がしくなり、ジョゼッペはビールを注《そそ》ぎ、パンを切り、調理場《ちょうりば》に指示を与えなければなりません。四人の団員は相変《あいか》わらず黙《だま》ったままです。サラだけがちょっと興味《きょうみ》をそそられたように、自分のお皿を底《そこ》の方から見ています。

するとジョゼッペがぷんぷんしながら、マルゲリータをテーブルに配《くば》ります。もちろんオリジナルのウノメ・タカノメ団専用のお皿にのせてです。彼はただ、こう言うだけです。「お客さまが、さきほどのような旺盛《おうせい》な食欲《しょくよく》を今度も発揮《はっき》されるかどうか、楽しみですね」

「ああ、ごちそうさま。とてもおいしかった」フィードーは、ピザを見もせず、二十ユーロのお札《さつ》をテーブルの上に投げ出して言います。「お釣《つ》りは取っておいてください」団員は立ち上がり、後ろを振《ふ》り返ることもなく、ピッツェリーア・ペペローニを後にします。

本当は残念なことでした。というのも四人は、ジョゼッペがお客さんの立ち去ったテーブルの前に汗《あせ》まみれで立ち、芝居《しばい》っ気たっぷりに髪をかきむしり、ガタガタ震《ふる》えながらお母さんに電話をかける一部始終《いちぶしじゅう》を見そこなってしまったからです。

四人はお腹をぐうぐう鳴らしながら「シャトー・カントシュタイン」へと急ぎました。ゆったり建てられたサラとマークの家を、マリー・クレールはいつもそう呼んでいたのです。四人はわれ先に長椅子《ながいす》に座り、ニュースを読むアナウンサーの声にじっと耳を傾《かたむ》けました。ニュースではジャム工場のストライキ、増税《ぞうぜい》、不調《ふちょう》に終わった和平会談《わへいかいだん》、気候温暖化、雨水をためて、それをワイパー用の水として使う新型の自動車について報道《ほうどう》があり――それから天気予報の前に、ハノーヴァーからの現地リポートがありました。ハノーヴァーの同じ区域が再び竜巻《たつまき》に襲《おそ》われたのです。今回は屋根を吹き飛ばされた家が四軒《けん》、壊《こわ》れた自動車が二十四台でした。

「あれがスパゲッティーだったんだな」マークは興奮《こうふん》してささやきます。

竜巻を追って

お皿監視センターでも、この竜巻は人々の注意を引かずにはいられませんでした。二度も同じ場所で起こった出来事、これはれっきとしたお皿との結合関係を示すように見えます。サーチ・エンジンはもう全速力《ぜんそくりょく》で稼動《かどう》しています。キャプテン・シュルツはコンパスを使ってハノーヴァーのまわりにいくつも円を引き、ウルトラ警部は言います。「どうも、この件は気に食わないな。まったく気に食わないぞ」

翌朝、仕事場に来ると、入り口の前に子どもが四人立っています。

「おやまあ、カントシュタイナーさんのお子さんたちだね。急に人口《じんこう》がふえたね」

「ええ、こちらがフィードーとマリー・クレール」サラが紹介《しょうかい》します。「私たちの友だちにもこのお皿監視センターをちょっと見せてあげられるかどうか、お伺《うかが》いしたかったの。この二人は私たちが言うことを信用しないの」

警部は一人ひとりをとても長い間、探るように見つめます。幸いなことにこのとき、巡査長とキャプテン・シュルツが現れます。

「ははあ」とマリーン巡査長が言います。まるでこの光景を予想していたみたいです。彼はサングラスを額に押し上げます。

「珍客《ちんきゃく》のご入来《にゅうらい》だな。何か悪いことでも仕出《しで》かしたのかい？」

「仕出かすですって？　あなた方と知り合いになって以来、私たちは何かを仕出かすではなくって、何かを平らげることだけを考えていますのよ」、とサラがなんとも当意即妙《とういそくみょう》な答えを返します。

「たいへん結構《けっこう》」巡査長はうなづき、それから彼の同伴者《どうはんしゃ》を指《さ》して言います。

「ところでこちらがキャプテン・シュルツ。長年の協力者だ。事実上、お天気を発明したと言ってもいい。そしてこちらが」彼は招《まね》きいれるような手の動きをします。「サラとその弟のマーク、それと…」

「マリー・クレールとフィードーです」サラが補《おぎな》います。

「わたしたちに全部見せてくださるそうで、おそれいりますわ」マリー・クレールが言葉をはさみます。「そのほかもう一つお尋ねしたいのですが、私の学校の体験学習をここで履修《りしゅう》させていただけるでしょうか？」彼女は二、三枚の書類をバッグから取り出し、ウルトラに差し出します。

「体験学習？」ウルトラは、何か不快《ふかい》なものに足を踏《ふ》み入れたように、不愉《ふゆ》快《かい》な様子で言います。「そのことなら、部長と話し合ってもらわないと。さあ、君たち、入りなさい。キャプテン・シュルツが君たちにいちばん重要な点だけを手短に説明する。それが終わったらとっとと消えるんだ。というのも、我々はここではちゃんと仕事もしなけりゃならないんだからな」

「ぼくたちだってそうですよ」マークが言います。「時間があるのは、四時間目が始まるまでの間だけです」

みんなは会社の建物に足を踏み入れます。そのときマリー・クレールは玄関《げんかん》のガラスのドアにぶつかりそうになります。めがねをかけていないからです。

「変装《へんそう》よ」彼女はみんなに説明していました。みんなは透明《とうめい》なエレベーターに乗って上へ向かい、フィードーはその際、あらゆる手順《てじゅん》を覚えこもうとします。

上に着いて、みんなは壮大な光景に驚きます。マリー・クレールも例外ではありませんが、いまの彼女にとってはクネッケパンの袋《ふくろ》の中を覗《のぞ》き込んだとしても、別に変わりのない光景だったでしょう。最後に彼女はやはり、めがねをかけることにします。変装より大切なのは、結局は全体を見渡すことだからです。

彼女はキャプテン・シュルツにぴったりくっついたまま、女の魅力《みりょく》をじゅうぶんに発揮しようとします。もっともこれが何を意味するかは、彼女にもはっきりわかっているわけではありません。しかし、ときどき、わざとらしい声で「ああ、キャプテン・シュルツ、とても面白いお話ねえ」とか「ほんとにそんなことご自分で体験なさったの？」などと言っても、別に害《がい》にならないでしょう。サラとマークは、これほど経験豊《けいけんゆた》かなお天気仕掛《しか》け人がなんとまあお粗《そ》末《まつ》なトリックでまるめこまれてしまうかに驚いています。というのもマリー・

クレールにはいろいろな才能がありますが、あきらかに上手な女優ではなかったからです。フィードーはすこし遅れてブラブラ歩き、「事態《じたい》をスキャンする」ことを試《こころ》み、やがてひとりであちこち歩き始めます。

彼は、あるときはここの机、あるときはまた別な机に寄っていき、メモを取ります。巧妙《こうみょう》な、しかし巧妙すぎない質問をお皿監視人たちに投げかけると、彼らは自分たちの仕事に関心を寄せてくれる人間がいるのを喜んで、いろいろな情報をいそいそと彼に提供《ていきょう》してくれます。彼はシュヴィッカート家の食堂とリュールップ家の食堂に目をやります――それから彼の目に映ったのはカントシュタイナー家の台所です。

「それであなた方は、こちらの人たちが何を食べているか、きちんと見て取れるのですね?」彼はできるだけ何も知らないふうをよそおって尋ねます。

所員のグルッケンシュタインさんという人は、彼に愛想よく説明して、この写真は食事不適応対策所の職員《しょくいん》、これはどうもウルトラ警部のようですが、その人が始めて訪問したときに撮影《さつえい》した静止画像《せいしがぞう》に過ぎない。そもそも監視カメラをとりつけることになるのは、お皿に関してさらにそれ以上の問題があるときだ。しかし、このカントシュタイナー家の場合、万事《ばんじ》、順調で、まったく問題はなかった。食べることに関してはとてもいい人たちだ、と言います。フィードーは咳払《せきばら》いをします。彼の胸からたった今、すとんと重荷《おもに》が下りましたが、その音を人に聞かれないように、なんでもいいから音を出したかったのです。サラ、マリー・クレールとマークはその間に見学を終えていました。結局のところ、あまり見るものは多くありません。モニター、天気図、衛星《えいせい》写真、そしてどこかに掲示板《けいじばん》がかかっています。「目下、四千三百五十六枚のお皿監視中」子どもたちの訪問が終わるころ、監視されるのは四千三百六十枚のお皿になるでしょう。

お皿追跡《ついせき》

さて、マリー・クレールは、体験学習について部長と話すことが許されます。

「おすわりなさい、あなたの持ち時間はちょうど三分です」魅力的《みりょくてき》なブロンド女性が言います。女性はマリー・クレールを鋼《はがね》のような青い目、いや、鋼のようなみどりの目で見つめています。「フラウ・ドクター　ミリアム・ブラウマン」と彼女の前の名札に記してあるので、マリー・クレールはその通りに言います。「フラウ・ドクター・ブラウマン、私は、お天気とその諸関連《しょかんれん》、お天気が制御可能《せいぎょかのう》かどうかなどについて、ずっと興味を持っていましたので、三週間の体験学習を有限会社お皿監視センターでやりたいのです。私が六歳のとき、祖父《そふ》は広口《ひろくち》ビンに入ったカエルをプレゼントしてくれました。このカエルはお天気がいいとはしごをのこのこ上ってくるんです。私の持っている湿度計《しつどけい》をかねたお天気小屋は、お天気が悪いとレインコートを着て傘を持ったカップルが出てくる仕組みになっています。父はウェザー・リポートのレコードをぜんぶ持っていますし、先月、私は万年暦《まんねんごよみ》についてのレポートを書いて、最高点をもらいました」

ブラウマン女史はマリー・クレールをすこし疑《うたが》わしそうに見ていましたが、それから本当に微笑《ほほえ》まざるを得なくなって、こう言いました。「三十五秒もかからなかったわ。すごいわね。ところで、マリー・クレールなんて、ステキな名前ね」

「ええ、でも本当はヴァネッサという名前なんです」

「あら」ブラウマン女史《じょし》はすこし気を悪くしたようでしたが、すぐ気を取り直して言いました。

「あなたの書類をもう一度ちゃんと読まなくちゃ。今までまだ実習生を受け入れたことはないの。でもこのポストは大丈夫だと思うわ。いつから始めたいの？」

「明日です」マリー・クレールは言います。「でも、もう一つお伺いしたいことがあるんですが。ここにかかる費用《ひよう》はいったいどのように支払われるのでしょうか？」

「寄付金《きふきん》です」ブラウマン女史が言います。

「つまり、みなさんがここに寄付するお金ですね？」

「そのとおり」ブラウマン女史はとても簡潔《かんけつ》に、きっぱりと言います。そこでマリー・クレールは、面談《めんだん》はこれで終わりということをはっきりと悟《さと》ります。

センターの中央部では、なんとなく雰囲気《ふんいき》が変わっていて、マリー・クレールはそれをすぐに感じました。ほぼ全員がモニターを取り囲《かこ》んでいます。そこには、ハノーヴァーからの映像が見られます。子どもたちはもうテレビニュースで知っています。嵐の被害《ひがい》は応急処理《おうきゅうしょり》が一応終わっています。しかしお皿監視人たちは、高感度機材《こうかんどきざい》のおかげで、この嵐に関連するお皿が、この町にあるにちがいないことをつきとめました。これは一種のおとり捜査《そうさ》です。昔の探《たん》偵《てい》映画などからも知られているトリックです。テレビの「ネイビー犯罪捜査《はんざいそうさ》班《はん》」の台詞《せりふ》なら「やつをもうちょっとだけ泳がせておけ。そうすればあの野郎をつかまえられるさ、リロイ」となるところです。モニター上の輪はますます狭《せば》まり、いまや画面に映っているのは一軒《けん》の家だけです。「コペルニクス通り二十四のA、永遠の憩《いこ》い葬儀社《そうぎしゃ》とピッツェリーア・ペペローニ――奇妙な組み合わせだ。このレストランの味の保証にはかならずしもならないな」とマリーン巡査長はニヤニヤします。

「お互いに商品を交換《こうかん》しあわないといいけど」ウルトラが軽口をたたきます。

「精進《しょうじん》落《お》としピザ、注文番号六六六、とでも申しましょうか」マリーンは思いがけず浮《う》かれた調子で応じます。

「みなさん、お願いです」ブラウマン女史の声が二人の背後で響《ひび》き渡ります。

「ばかげた冗《じょう》談《だん》はやめてください。お客さんがいるんです。そろそろ四人のお子さんたちを家へ送って、その店を一度よく見た方がいいんじゃないの」

「ぼ、ぼくたち、じ、自転車できてるんです」マークが言います。

この瞬間、キャプテン・シュルツが興奮して大きな声を出します。「テーブル十七だ！」

「葬儀レストランの？」

「いいや、ピザ葬儀社。そこの第十七テーブルだよ、古狸《ふるだぬき》君」

警部、巡査長と一緒にエレベーターに乗っていたとき、ウノメ・タカノメ探偵団のみんなは急にとてもよくない気分になりました。第十七番というのは、もちろんみんなのテーブルだからです。

警部はマリー・クレールを、探るような目つきでじろじろ見てから、ぶつぶつ言いました。

「学校の実習だな、どうなった？」

「ええまあ、明日、始められるわ」

警部が何か応じようとしたとき、電話が鳴ります。

「はい、部長」彼は言います。「フーム、ええ、オーケーです。そうします……なんですって？　ああ、そうですか、大丈夫です」

「なんの用事だったんですか、部長は？」巡査長が尋ねます。

「まだほかに持ってきてほしいものがあるそうだ。はしごのついたコップに入ったカエル、お天気小屋、それと万年暦だ」

巡査長は警部を呆然《ぼうぜん》として見つめます。マリー・クレールはガラス製のエレベーターの壁越《かべご》しにじっと外を見つめます。笑いたくってたまらなくなったとき、それがそうはっきりと人に見えないようにするためです。

正面玄関でみんなは別れを告げます。お皿監視人たちは急いでいるのです。

探偵団の団員は話の始まりだけを耳にします。「プレートを持っているかい？」ウルトラは同僚に尋ねます。「ひょっとするとすこし食欲をつけてやる必要がある人間がいるかもしれない」

「ああ、しまった」巡査長が言います。「プレートはまだ輸送車《ゆそうしゃ》に積《つ》み込んだままです」

声の届かない距離《きょり》に二人が遠ざかるや否《いな》や、フィードーは尋ねます。「あの二人の車はどこに駐車《ちゅうしゃ》してある、マーク？」

マークは、二人がちょっとの間乗っていたことのある、あのおなじみの空色できれいなリムジンを指差します。

「よし、これからゆっくりとあのそばを通り過ぎるんだ。見えないようにぼくをかくしてもらいたいんだ」

「そのためにはぼくたちが十人いなくっちゃな」マークがすこし生意気《なまいき》な口調《くちょう》で言います。

「よし、途中《とちゅう》で塩酸卸《えんさんおろし》売り業者のところに寄《よ》ろう」フィードーは気を悪くして言い返します。みんなは自転車に乗り、陽気にお話ししながらペダルを踏みます。サラはまるでほかの人たちになにかを教えたいみたいに、上の方を指差します。数秒後、みんな大通りに出ていて、渾身《こんしん》の力でペダルを踏みます。遠くから叫び声が聞こえます。お皿監視人センターの駐車場から聞こえてくるようです。

「いったい何事なの？」サラが尋ねます。

「マキビシさ」フィードーが言います。「タイヤから空気を分離《ぶんり》するのさ。昔からの化学者のトリックだよ」もちろん、追跡者《ついせきしゃ》をまくための昔からの探偵のトリックです。幸いにも、フィードーはいつもマキビシをいくつか用意していました。

「やつらがヘリコプターを使わないといいんだが、使うとやつらは我々に追いついてしまうよ」

しかし警部と巡査長は、今日はヘリコプターを使う気はなく、タイヤが三本ペチャンコになった自動車はそのままにして、地下ガレージから別なお皿監視人用の自動車を出し、十分後、ジョゼッペのところへ出発します。

食事不適応

ウノメ・タカノメ探偵団がピッツェリーアに足を踏み入れるか踏み入れないかのうちに、ジョゼッペがみんなの前に立って、「出ていけ！」とだけ言います。

「ちょっと聞いて」フィードーが言います。「ぼくたち、ふつうに戻《もど》ったよ。ぼくたちはただ、確かめる必要があっただけなんだ、ええと…」

「あなたのすばらしい食事を断念《だんねん》できるほど、私たちの意志《いし》は強いでしょうか」マリー・クレールがおどろくほどすらすらとうそをつきます。「今、私たちは学校で、『げに心は熱《ねっ》すれど、肉弱きなり』という格言《かくげん》を勉強しています。あなたもご存じですよね？」

「うちの肉が弱いなんてことはけっしてない。いつもようく火が通ってるんだ」ジョゼッペがいこじになって言います。

「ええ、ええ。それを疑う人は誰もいませんよ。だけどちょっと助けてもらいたいんですが…」

「待った」ジョゼッペが言います。「話を続ける前に、ちょっと食べてみろ」そして彼は各自にラヴィオリを一皿づつ差し出します。

「君たちが正気《しょうき》に返ってるかどうか、まず自分でたしかめてみないとな」

四人は目覚《めざま》しい食べっぷりを見せて、ジョゼッペの心配を振り払います。ラヴィオリを新記録で平らげ、その後、特製《とくせい》トルテッリーニ、さらにその上デザートにオーダー番号六六六激辛ピザ・ディアーボロを各自半分ずつ、その後やっと、口をすすぐための水を一杯もらいます。みんながひとかけらも食べ残さなかったので、ジョゼッペは以前と同じ探偵団の面々《めんめん》が復活《ふっかつ》したことを確認しました。それにもかかわらず、マリー・クレールとフィードーが語ってくれた話は、ずいぶん突飛《とっぴ》で信じがたいものでした。

「ぼくたちの話を本気にしてくれよ」フィードーがさけびます。「やつらはすぐにもここに来る。そうしたらやつらはぼくたち全員を…」

「保温プレートにのっける、っていうんだな。あははは、きみたちは冗談が好きだなあ」

「冗談なんてとんでもない。あ、やつらが来たよ」マークがさけび、フィードーは騒ぐことなく電燈を消します。マリー・クレールは「本日休業」の札をドアにかけ、ジョゼッペはほんとうに鍵《かぎ》を二回まわし、その後みんなはカウンターの背後《はいご》に隠れます。

ウルトラ警部がドアをノックする音が聞こえ、巡査長が大声でわめきます。「オーイ、あけろよ。お客だぞ。我々はズボンのボタンがはじけるほど、うまいものをたっぷり食いたいんだ」

しかし、五人は動きません。電話が鳴っても、ファックスがカタカタ鳴り出しても、五人は動きません。「ここにある自転車はいったい何だ？」警部が言ったのですから、なおのことです。

「どうでもいいですよ」マリーンが言うのが聞こえます。「戻りたいですね。明日、また来ましょう。ハノーヴァーのお天気がいったいどれくらい重要だって言うんです」

そして二人は立ち去ります。ドアがバタンと閉まるのが聞こえ、自動車のエンジンがかかり、遠ざかって行きます。ジョゼッペが立ち上がろうとしたとき、フィードーが言います。

「すわったままでいてください。あなたが中にいることを知っているし、我々のことも何か嗅《か》ぎつけてますよ。地下室を通って出られますか？」

「隣の家に行けるだけだ」

「葬儀社《そうぎしゃ》へ？　十頭の馬だって、ぼくをそこに引っ張って行けないぞ」マークがブツブツ言います。

「太った名探偵が一人いれば、それで十分かもしれない」フィードーが平然として言います。「葬儀屋さんを知っていますか、ジョゼッペ？」

「かなりよく知ってる。弟のパオロだからな」ピザ屋さんはため息を洩らします。

ウルトラ警部とマリーン巡査長は、もちろん自動車で角をまわっただけです。海千山千の二人は、駐車している自動車の間で、ピッツェリーア・ペペローニを監視する態勢を取っています。

「粘《ねば》り強いな、あの男は」ウルトラ警部が言います。「たしかにまあ、それは認めなければならないが、しかしいつかは出てくるだろう」

さらに一時間が過ぎ去り、しだいに暮れかかってきます。葬儀社の玄関先に大きな黒い自動車が止まります。男が二人下り、お棺を一つ運んできて、荷台《にだい》にそっと載せます。それからもう一つ、お棺《かん》を運んできます。三番目の男が店の奥から出てきて、書類にサインし、それが済《す》むと彼らは自動車のドアを閉め、二つのお棺を積んだ自動車は走り去ります。

ほかに何か特に見るべきものもないので、警部と巡査長は何もかも興味深く見つめていました。

「二重殺人」ウルトラ警部が言います。

「あるいはインド人が死んで、奥さんも今、いっしょに埋葬《まいそう》されなきゃならないとか」巡査長が憶測《おくそく》を述《の》べます。

「アーニーとバート…」

「サイモンとガーファンクル…」

「もういい。あの二人の歌は好きでよく聞いたもんだ」警部が苦情《くじょう》を言います。

このようなすこし重苦しい冗談で、二人のお皿監視人は暇《ひま》をつぶし、ピッツ

BESTATTUNGEN
Pepper

エリーアでついに何かの動きが見られるか待ち続けます。

二十二時ごろ二人はついに諦《あきら》めます。

「誓《ちか》ってもいいが、あの男は中にいるよ」ウルトラ警部が言います。

「まあ、肩の力を抜いて。ハノーヴァーだけの問題じゃありませんか」巡査長は警部をなだめ、ローギヤをいれて、すばやく交通の流れの中に入り込みます。

第一級の葬儀

そうこうする間、マリー・クレールは自宅のガレージで「ふーっ」と息をつきます。「もう死んでしまうかと思ったわ」

彼女はお棺のうちの一つからやっとのことで出てきます。彼女の下に横たわる羽目《はめ》になったサラもうめきながらそれに続きます。「フィードーのばか、ぼくは郵便切手のようにペチャンコになっちゃった」今度は二番目のお棺から響《ひび》きます。

「ふーん、それだけでもこの作戦をやった甲斐《かい》があったよ」フィードーは喜びましたが、じっさい本当に喜ぶ理由があったのです。

「まるで映画みたいだったわね」マリー・クレールは言います。「お棺にひそんでの脱走《だっそう》。これはやってみないとわからないわ」

パオロはいかにも悲しそうな顔をして別れを告げ、こう言います。「ご愁《しゅう》傷様《しょうさま》でした、みなさま。だけど次はまたジョゼッペのところから外へ出てくれよな」

マリー・クレールの家には誰もいません。だから、みんなはここで生き返ることにしたのです。

「さて」とフィードーは言います。「きみたちにいま、ぼくの考えていることをちょっとご披露《ひろう》する。お皿監視人有限会社には七十人ほどの従業員がいる。かなりの人数だ。彼らは最新の技術とあらゆる種類の移動手段を持っている。ある程度時間が経つと、どのお皿にもそれぞれ一つの、いわば影響領域《りょういき》と言ったものを割り当てることができる」

「どういうふうに？」サラが尋ねます。

「お皿は人目に立つ行動に使われる必要がある、つまりジョゼッペのところでの我々のお皿みたいに。そうすると、実際、高感度の器械でしか感知できないような何かある振動の一種だかなんだかが生み出され、そうなるとやつらは逆探知《ぎゃくたんち》できるんだ。自分で体験したじゃないか」

「それでどうしてやつらは突然、うちに現れたの？」

「そこよ、あなたたちはそれほど極端《きょくたん》な行動はとらなかったのに」マリー・クレールが言います。

「原因はあいつだよ…」フィードーは言い、テレビのほうを指差します。そこではマークがぽかんと口を開けたまま、口を利くちり取りとおしゃべりをするしゃもじとの戦いを見つめています。

「マーク？」

「うん、奴に責任があるにちがいない。というのも奴は、人が見ていないときに自分の食事を戻してしまった、つまり鍋にあっさりあけてしまったとぼくは見てるね」

「ときどきやってるわ」、とサラが言います。

「いつもやってるんだよ」フィードーは言います。「だからバングラデシュではずっと雨降りで、あのお皿屋たちは結合関係を探知することができた。すくなくともぼくはこんなふうに考えてる」

「だけどあの人たちはお皿にどのような関心を持っているの？　わたしはブラウマン女史に、お金がどこから来るのか、尋ねてみたの。彼女は、人々がお金を寄付するって言ったわ。たしかに寄付ってのはあるけど、ただ、慈善《じぜん》団体に対してだけよ。慈善団体じゃないと証明してもらえないし、税金控除《ぜいきんこうじょ》もしてもらえないのよ」マリー・クレールが断言《だんげん》します。

「でもお皿監視人たちは有限会社で、社団法人じゃないわ」サラが言います。

「そのとおりだよ、ワトソン君」フィードーが小躍《こおど》りします。

「つまりあの人たちはお天気で金儲《かねもう》けをしてるのよ」マリー・クレールが結論づけます。「お皿の結合を知れば知るほど、お天気に対する影響力が強くなるわ」

「そのとおり。みえみえの脅迫だね。自分の耕地《こうち》のために雨を必要とするお百姓《ひゃくしょう》さんがいるとしようか。奴らはそのお百姓さんに電話をかけて、なんとかできますよ、と言う。その後で、たとえばミュラーさんとかいう人が、いつもお皿に食べ物を残すように仕向ける。そしてお百姓さんはその代金を支払われるというわけだ」

「天才的だ！」マークは言います。彼は自分のお小遣いに思いを馳せています。

「あるいはまたあのスキーリゾートだ。あそこの人々は、雪が保障《ほしょう》されるならば、もちろん、多少の出費は惜《お》しまないだろう。トービアス・シュトラウホのおかげで、実際、それがどうも可能になっているらしい」

「じゃあ、私たち、あの人たちを告発《こくはつ》しなくっちゃ」サラが言います。

「誰もぼくたちの言うことを本気にしない。こんなことはみんなたわごとだと思うさ」

フィードーは頭を横に振ります。「可能性は一つしかない。ぼくたちはお皿監視人たちを排除《はいじょ》しなければならない。彼らが、ええと、お皿による世界支配を獲得《かくとく》する前に、つまり事実上、あらゆるお皿をコントロールする前に、そして我々全員が保温プレートに縛《しば》り付けられる前に、排除しなければならないんだ」

「どうやってそうしたらいいかしら?」

「それをきみが探り出すんだ、明日、きみの実習を始めるときに」

恐怖《きょうふ》の実習生

マリー・クレールはこの体験学習のことを考えると、あまり気分がよくありません。まず第一に体験学習などないんです。少なくとも中学一年生ではまだありません。でもそのことをお皿屋たちはおそらく知らないのでしょう。フィードーは実際、彼女のために、学校用の立派な欠席届《けっせきとどけ》を書きました。第二に、そしてこれはずっとまずいことなのですが、とかくの間に彼らがいくつかの事実をつなぎ合わせ、ウノメ・タカノメ少年探偵団が彼らを追っていることを悟るかもしれないのです。しかし、フィードーは言います。「やつらは、ぼくたちが探偵団だってことを知らない。どこにでもいる好奇心《こうきしん》の強い子どもたちだと思っているのさ」

たしかに、よりにもよって今、お皿監視センターで実習を開始するのは、なんでもないこととはとうてい言えないでしょう。しかし以前フィードーが言ったように「やらなきゃいけないんだよ、マリー・クレール」というわけです。

それにまた、彼女はひとりで行くわけでもありません。

ウルトラ警部は、その間、巡査長とキャプテンとともにセンターに座り、陰気《いんき》な表情でぼんやりと前を見つめています。

「あのガキどもはお棺に隠れやがったんだ」

「冗談でしょう、警部、そんなことを子どもたちがするわけないし、それにそれが我々にとって何の危険になるっていうんですか？　月曜日にあのピザ屋をひっつかまえて、保温プレートに乗せてしまう。そうすればハノーヴァーを押さえることになりますよ」

「おれにはわかるのさ、誰かがおれをバカにしているときは」警部が吠《ほ》えます。「あの一味《いちみ》はおれたちをとことんバカにしようとしているんだ」

「そうだなあ」キャプテンがため息をつきます。「子どもは本当に好きだ。自分だって昔は子どもだったんだからなあ。でもあの子どもたちはなんだか怪しい。たしかに言うとおりだ」

「そのとおりだよ、シュルツ、君の目をごまかせる人間はいない。明日の朝、あのメガネザルがここに舞い込んで、実習を始めることになってる。来るかどうか、楽しみだ。とても楽しみだよ」


マリー・クレールが翌朝《よくちょう》、お皿監視センターの玄関先に現れたとき、彼女は一人ではありません。

「ははあ、そうするとあなた方がブンゼルマイアーご夫妻《ふさい》で、ヴァネッサのご両親というわけですね」ドクター・ブラウマン女史はすこしどぎまぎして尋ねます。

「そのとおりです」とブンゼルマイアーさんが言います。「うちの娘がこれから三週間、どんなところで仕事をすることになるのか、お許しが得られれば、ちょっと拝見《はいけん》しようと思いまして」

「もちろんですわ。どうぞごゆっくりごらんになってください」お皿監視人のチーフは、もっとどぎまぎした調子で言います。「私はたまっている書類をすこし片付けなければなりません。そのあと、あちこちとご案内《あんない》いたします」

「ありがとう」マリー・クレールは両親にささやきかけます。ブラウマン女史が面食《めんく》らっているのももっともです。マリー・クレールの両親は、娘とこれっぽちも似《に》ていません。だけどこれも不思議ではありません。というのも、いかにももっともらしくここに登場したのは、ジョゼッペと台所のお手伝いさんマティルダだったからです。

ブラウマン女史はこの注目すべき家族から、どうにも目が離《はな》せなくなりました。でもこの三人をいつまでもじっと見ているわけにはいかないので、こう言います。「つまりねえ、誤解《ごかい》なさっては困《こま》りますけれど、お嬢《じょう》さんはあなた方とまるで似ていませんね」

「そうおっしゃる方が大勢《おおぜい》いらっしゃいます」とジョゼッペ。

「まだこの子が赤ん坊だったとき、養子《ようし》にもらったんです」マティルダが補《おぎな》います。それを聞いてブラウマン女史はほっと息をつきます。でも何だかすっきりとしません。

マリー・クレールはそっと回りを見回しますが、警部も巡査長も見えません。二人はまたピッツェリーア・ペペローニを監視しているのです。まったくフィードーが予言したとおりです。お皿監視人の一群《いちぐん》が、すっかり興奮して大きなモニターの周《まわ》りに集まっています。そこには瓦礫の山が見え、レポーターが、ここがかつてハノーヴァーというところだった、と説明しています。マリー・クレールは思い当たって、顔を赤くします。ジョゼッペのところでの仲直りの食事が頭に浮かびます。あのラヴィオリ、ピザ――どうもあれはハノーヴァーにとって荷が勝ちすぎたようです。

しかしマリー・クレールには今、なすべきもっと大切なことがあります。ほかの仲間たちが情報を待っています。その情報を集めるためには、あまり時間が残っていないのです。この町にどれくらいの数のお皿結合関係が存在するのか、なんとかして探り出さなければなりません。彼女は率直《そっちょく》に尋ねてみます。

「検証《けんしょう》済《ず》みのが十二あります。一つはこれから検証しなければなりません」

と髪の毛を編んで、たくさんの長いお下げにまとめた男性所員が答えます。

「なるほど、それらはどこにあるんですか？」

ドレッドヘアの男性は彼女に疑惑《ぎわく》の目をむけます。しかし分厚いめがねをかけたマリー・クレールはとても頼りなげに見え、とうてい何か陰険な企みを抱いているようには思えません。お皿監視所所員はあるページを呼び出し、パスワードを打ち込みましたが、マリー・クレールはそのパスワードをすぐ覚えこみます。それから彼は十二羽の風見鶏《かざみどり》がついた市街図《しがいず》を見せてくれます。一羽はサラとマークのところ、一羽はブロートハーゲさんのところです。ピッツェリーア・ペペローニには十字のマークがついています。ここはこれから検証されなければなりません。ほかの場所はマリー・クレールの知らないところです。

「誰のお皿がいったい、私たちの町と結合関係を持っていますの？」彼女はできるだけさりげなく尋ねます。これについても地図があります。

ちょうど三枚、お皿があるのははっきりしています。ブロートハーゲさんははっきりしていますし、ほかの二枚は自動的に覚えられます。マリー・クレールは覚えようと思うものすべてに関し、抜群《ばつぐん》の記憶力を持っています。町のお天気に直接の影響を与えるお皿結合関係が三つあるというのは、きわめてまれなことです。しかしまさにそのために、お皿監視人たちは、彼らの本部をここに作ったのです。

マリー・クレールはお礼を言い、机に向かってすぐフィードーにメールして何もかも伝えます。フィードーはちょうど地理のテストの真っ最中ですが、それでも出動準備《しゅつどうじゅんび》ができています。

「そうしますと、お嬢さんはもうずっと以前から、天文学、つまりメテオロロギーに興味をお持ちなんですね」ブラウマン女史の声が背後に聞こえます。

「ええ、ええ」とジョゼッペが言います。「あのメテオーロとかなんとか、それをうちの娘はとても面白いと思っているんですよ」

「へえ、そうですか?」ドクター・ブラウマン女史は片一方の眉を上げ、彼女の空色のケータイをすばやく動かします。

「ウルトラ、どこにいるの、あんたたち? ―― すぐこちらに来てください。例のメガネザルが何かたくらんでいて、彼女の両親というのもなんだか怪しいの」と彼女は電話にささやきます。ジョゼッペにもマチルダにもマリー・クレールにも聞こえないようにです。しかしマリ・クレールは別に何かを聞く必要はありません。彼女は読唇術《どくしんじゅつ》を心得《こころえ》ているのです。突然、彼女は気分が悪くなり、いつもの高所恐怖症《きょうふしょう》がまたひどくなった、と言います。両親に付き添ってもらって、残念だけど家へ帰らなければならない。彼女はメモ帳とケータイを自分の机から持ってきますが、そのあいだにも、ちょっと不意《ふい》打ちを食ってぼんやりしていた「ブンゼルマイアー」夫妻は気を取り直して、こういう発《ほっ》作《さ》はたいていすぐにおさまってしまう、それはうけあってもいい、と言います。マリー・クレールは「できればまた明日に、ブラウマンさん」とささやき、そそくさと握手《あくしゅ》をして別れを告《つ》げ、彼女の借り物の両親をエレベーターまで引きずって行きます。しかし下ではもう警部、巡査長そしてキャプテン・シュルツが待ち受けています。エレベーターは、この危険なお皿監視人たちにむかって、ますます近づいて行きます… 警部は電話しています。おそらく彼は、誰が今、彼に向かってゆらゆら下りてくるかを教えてもらっているのでしょう。

残るところあと二階というところで、マリー・クレールは停止《ていし》ボタンを押し、エレベーターはとまります。急いで彼女はおりて言います。「あなた方は下へ行くのよ。顔が知られてないから」

エレベーターからおりようとしたとき、ジョゼッペとマティルダの二人は引きとめられます。「ちょっとお待ちください、皆さん。身分証明書をどうぞ！」警部は二人に自分のバッヂを突きつけます。このバッヂは所有者《しょゆうしゃ》に何かの権利を与えるというわけではありませんが、見かけは堂々たるものです。マリー・クレールの代理《だいり》両親は急いで身分証明書を取り出します。

「おやおや、ここにいるのはいったい誰だろうかね」ウルトラが満足して言います。「うそつきのピザ屋さんと、台所のお手伝いさんかな」

「それであのメガネザルはどこにいるんだ？」

「だれですって？」

「あなたの代理の娘、あのマリー・クレールだよ」巡査長は、あまり興味《きょうみ》のないことをたずねるみたいなふりをして、説明します。

「マリー・クレール、おれ、知れない！」心配のあまり、ジョゼッペの言葉が乱《みだ》れはじめます。

「ヴァネッサ・ブンゼルマイアーだよ」キャプテン・シュルツが助け舟《ぶね》を出

します。

「ああ、ヴェネーザ。あ、あ、あの子は上のほうの階で、仕事しとる」ジョゼッペはどもり勝《が》ちに言います。

「そう、じゃあちょっと一緒に上へ行って、あなた方のお嬢さんがどうしているか、みてみましょうよ。どうですか、シニョール・ブンゼルマイアー？」こう言いながらウルトラ警部はドアを閉めます。ジョゼッペとマチルダはわなにおちてしまいました。エレベーターは上に向かって動き始め、マリー・クレールには自分の代理の両親が、死人のように青ざめて彼女の前を通り過ぎて行くのが見えます。保温プレートという言葉が耳に入ったような感じさえします。非常階段を伝《つた》わって彼女は外へ出ます。そこではタクシーがドアを開けたまま、入り口のすぐ前に止まっています。

「乗れよ」馴染《なじ》みのある声が後部座席から響きます。そしてフィードーは運転手に町まで連れ帰ってくれるよう指示を出します。

「地理はどうなってるの？」マリー・クレールは彼と並んで後部座席に座って尋ねます。

「テストの終了《しゅうりょう》時間前に提出してきたよ。気温グラフの分析《ぶんせき》で、あまり大したことはなかった」フィードーは言います。「それよりもずっと大切なことがある。我々は行動しなければならない。あのお皿監視人たちが何を企てているか、ぼくは今わかるんだ。地球温暖化っていう言葉、聴いたことあるよね?」

「ええ、まあ。今、だれでもその話をしてるわ。二酸化炭素排出量《にさんかたんそはいしゅつりょう》とか何とかと関係あるんでしょう」

「だけど主にお皿屋たちと関係ある。ブラウマン女史とその一味たちと関係あるんだ」

「何ですって、あの人たちが気候を温暖化してるの?」

「そのとおりだ。目下のところはまだ何十分のいくつかにすぎない。彼らはまだそれほど沢山のお皿をコントロールしていないからね。だけどその数は日に日に増える。そしていつの日か彼らは、地球を煮《に》え立たせることができるんだ」

「それで、どのように?」マリー・クレールは仰天《ぎょうてん》して尋ねます。

「お皿がきれいにカラになるよう、我々みんながおとなしく食べることを通じてさ」フィードーが暗い口調《くちょう》で答えます。

「それで、あの人たちにとって、どんな得《とく》になるの？」

「奴らはそれでお金を儲《もう》けるのさ。太陽エネルギー企業の株《かぶ》を買い入れるし、北極や南極の氷が融《と》けるときは堤防建設《ていぼうけんせつ》会社の株を買い入れるんだ。そしてもちろんいつの日か、政府を脅迫《きょうはく》することも始めるだろう。遅かれ早かれ気候を都合《つごう》のいいように調節《ちょうせつ》できるようになるだろう」

「それで私たちは何にもできないの？」

「いや、できるさ」とフィードーは言います。「我々は奴らをとにかく排除《はいじょ》しなけりゃならない」

食事不適応者たちの戦い

五分後、ウノメ・タカノメ探偵団の全員がまたカントシュタイナー家の台所に集まっています。

マリー・クレールの実習は短期間に終わりました——実際、時間は四十三分しかなかったのです——しかしそのおかげでウノメ・タカノメ探偵団はいくつかのことを知ることができました。そしてマリー・クレールがパスワードを覚えこんでいたので、フィードーはお皿監視人監視プログラムにログインすることができました。

「ぼくは、あいつらがやっていることを、全部見ることができた。残念なことにたった十分間だけだったけどね。奴らは、誰かが情報を探っていることに気がついたんだ。事実はこうだ。有限会社お皿監視センターは、気候を温暖化することを目的とする組織だよ」

「そうすると飛行機、自動車、そして牝牛《めうし》のゲップにはぜんぜん責任がないの？」

「いや、ないことはない、でもお皿監視人のおかげで、万事はもっとずっと早く進行するだろう。奴らは今もう五千四百九十六枚のお皿をコントロールしている。そして、五千五百枚のお皿が得られれば、気温を広範《こうはん》に操作できると考えているんだ」

「じゃあ、あと四枚足りないだけなんだね？」

「うん、その皿は、我々が知っているように、ジョゼッペのところにある。しかしやつらはジョゼッペをまだコントロールしていない。少なくとも完全にはコントロールしていないんだ。問題はここだ。我々は何をしなければならないんだろう？」

四人の探偵たちは、もの問いたげにお互《たが》いを見つめあいます。それからみんなの目はフィードーに注がれます。彼がもう計画を立てていることを期待《きたい》しているのです。しかしフィードーは黙《だま》っています。

その時マークが大声で言います。「我々は相手を相手の武器《ぶき》で倒す必要がある。話をするタオル掛《か》けがいつも言っていることだよ」

フィードーがちょうど立ち上がってマークをたしなめようとしたとき、サラが言います。「ストップ、この子の言うとおりよ。わたしたちは今では、この町に関するお皿結合関係を知ってる。わたしたちはただ、上手に食べたり食べなかったりして、お皿監視人を諦《あきら》めさせてしまえばいいのよ」

「すごくいいアイディアだ」フィードーが言います。「ぼくたちはすぐそれを開始しなきゃならない。奴らはきっともうこちらに向かっているところだよ。ジョゼッペとマティルダが保温プレートに乗せられると、全部ばれてしまうはずだから」

「この家に食べ物はじゅうぶんにある？」マリー・クレールが尋ねます。

「冷凍庫《れいとうこ》には山ほどあるし、冷蔵庫には自然食品店で買ったものが入ってるわ」とサラが言います。

「オーケイ。じゃあ料理を作るのと、できている料理の暖め直しを始めてくれ。ぼくたちは手に入るかぎりの食料をテーブルに並べる必要がある」

マリー・クレールとフィードーは二百メートルほど自転車を走らせてゲバウアーさんの家へ行きます。クマの模様がついたこの家のお皿には、住宅地この辺一帯のお天気を決定する力があるのです。誰も家にいなかったので、フィードーは針金製《はりがねせい》の合鍵《あいかぎ》とクレジットカード（ジェームズ・ボンドも使った昔ながらのトリック）を使って家に侵入《しんにゅう》し、お皿を袋につめて、サラとマークのところへ戻ってきます。

「マリー・クレール、君はブロートハーゲじいさんのところへ行くんだ」フィードーは言います。「君たちはいっしょになって幹線道路《かんせんどうろ》と都心部を引っ掻《か》き回すんだ。あのじいさんはきっと面白がるよ」

お皿監視人たちはその間、あらゆる事柄について情報を得ています。いまや彼らは、知っています。まだ不足している四枚のお皿がジョゼッペのところにあること、また、このお皿がウノメ・タカノメ探偵団のものであり、探偵団があまりにも多くの知識を得ていることなどを。そこで警部、巡査長、キャプテン・シュルツは、事態を決定的に沈静化《ちんせいか》すべく、本拠《ほんきょ》の駐車場から出発したところです。今回、彼らは洗脳砲《せんのうほう》を装備《そうび》して出撃中《しゅつげき》です。お皿監視人たちは彼らのもっとも危険な武器《ぶき》をそう呼んでいます。これはトラックですが、その荷《に》台《だい》全体が保温プレートでできています。一種の放水機《ほうすいき》を通じて、この保温プレートのエネルギーがどの人間にも伝えられ、それによって持続的《じぞくてき》な食事障害、もしくは他の行動障害をひきおこすことができるのです。

彼らが町の中心部へ通じる乗り入れ道路に入るやいなや、雨が降り出します。「ブロートハーゲだ」ウルトラは言います。「後で奴《やつ》の油をしぼってやろう」しかし雨はノアの洪水《こうずい》のようなスケールになってきます。とうてい先へは進めません。これにはもちろんちゃんとした理由があります。マリー・クレールはブロートハーゲおじいさんのために、グルメレストラン・ラウテンシュレーガーに百人前の出前を注文し、それらをどんどんブロートハーゲの皿に移し、再びまたもとの包装《ほうそう》に戻しました。ブロートハーゲが何も食べないかぎり、雨足《あまあし》はますます強くなります。

カントシュタイナーさんのところでは、状況はまったく違《ちが》っています。サラ、フィードー、マークは、ゲバウアーさん所有のクマ印のお皿を使い、そのお皿がどんどんカラになるように食べてゆきます。これには効《き》き目があります。近所の温度は五十度以上に上がり、洗脳砲を用意したお皿監視人が現れたその瞬間にアスファルトが溶け始めます。

「これはカントシュタイナーの子どもたちだ」、と警部はうなり、無線でヘリコプターを要請《ようせい》します。「ここから私たちをひきあげてくれ！」

その間にも自動車はずぶずぶとアスファルトの中にもぐっていきます。ショッピング街の人々は衣服を脱いで下着だけになり、できるだけたくさん水を飲もうとしています。お皿監視人のヘリコプターは慎重《しんちょう》に下りてきて、すくなくともちょっとの間は巨大な扇風機《せんぷうき》のかわりになります。そのとき、砂嵐《すなあらし》が起こり、ヘリコプターはまた高度を上げざるを得ません。しかしかろうじて縄梯子《なわばしご》を投《な》げ下ろし、ウルトラ、マリーン、キャプテン・シュルツはそこにつかまることができました。

「ちくしょう、ちくしょう、ちくしょう」と警部はわめきます。「あのガキどもをひっ捕《と》らえたら‼」

カントシュタイナーさんの家まで、もうそれほど離れていません。子どもたちは食べに食べます。みんなはごくわずかな量を一人前にしてお皿に盛《も》り、こうして一分につき十皿をきれいに空《から》にしています。

TELLERWÄCHTE

砂嵐はますますひどくなり、ヘリコプターはきりもみを始め、パイロットは方向を変えようとします。そのとき砂嵐が急にやみます。家にはもう食べるものがありません。前世紀にさかのぼる賞味期限《しょうみきげん》を持つピヒェルシュタイン風ごった煮の缶詰《かんづめ》を地下室から持ってきていましたが、それも子どもたちは食べつくしてしまいました。ヘリコプターが近づくのが聞こえ、家の周りの藪《やぶ》がもう震え始めています。そのとき、玄関のベルが鳴ります。まだお皿監視人ではないはずです。サラがドアを開けると、そこには小包を配送する人が立っています。彼は汗を額からぬぐって、言います。「カントシュタイナーさんに小包です。ここにサインしてください」

とても巨大な小包です。発送者はファルーク家。ヘリコプターは庭に着陸する態勢《たいせい》に入ります。マークは小包を急いであけます。そこにあったのは超巨大な鍋《なべ》で、ご飯とチキンカレーがたっぷり入っています。カントシュタイナーの人々にあてたバングラデシュからの救援物資《きゅうえんぶっし》です。

子どもたちは気が狂ったように食べ始めます。警部がヘリコプターから飛び降りて、芝生の上を走ってくるちょうどその時、嵐は再び起こり、警部はテラスの出入口まではなんとか達しますが、その時、雪崩《なだれ》のように大きな砂の流れが屋根から落ちてきて、彼を埋《う》め尽《つ》くしてしまいます。

終わりの後の始まり

ばんざい」、とサラは大声でさけびます。「私たち、やったわ！」

「何をやったって言う？　なんでそんなに大声を出すの？」お母さんがあきれて尋ねます。

サラは周《まわ》りを見回し、弟のぼんやりした顔に見入ります。ちょっとの間、眠り込んでしまったようです。これはゴボウが食卓にのぼるとき、最近よく起こります。幸いなことになにもかも夢にすぎなかったようです。お母さんはためいきをつきながら、テーブルを片付けます。サラはいつものように、まだすこしお皿に残しています。雨がぱらぱらと窓ガラスにうちつけます。

「ちょっと待って」サラは大声を出します。「まだ食べ終わってないじゃないの」

お母さんは娘をじっと見て、サラの鼻先にまたお皿をおきます。サラはせかせかと、機械的に食べます。弟はその間、もうテレビの前に座っています。お母さんは窓から青空を指差して言います。「ちょっとした通り雨だったみたい。――もう見た？　となりに新しく引《ひ》っ越《こ》してきた人がいるわ」

サラはあまり興味なさそうに、窓から外を見て、噛《か》み切れないゴボウを熱心に噛みながら「有限会社お皿監視センター」と大きく書かれた青いトラックを見つめます。ああそうか、とサラは考えます。このせいであのばかげた夢を見たんだわ。

「たぶんまた警備保障《けいびほしょう》会社かなんかでしょう」お母さんが言い、ベルが鳴ったので玄関のほうへ行きます。ドアをあけると青い制服を着た男が立っています。「こんにちは。ちょっと簡単《かんたん》に自己紹介《じこしょうかい》をしておこうと思いまして。ダニエル・ウルトラと申します。おとなりに引っ越してきた会社の者です」

「あら」カントシュタイナー夫人が言います。「それはまたご丁寧《ていねい》に。私の名前はカントシュタイナーです、そしてあれが」彼女はテーブルを指差します。

そこには、サラがすっかり血の気を失った顔で座り、訪問者《ほうもんしゃ》をじっとみつめています。「あれが私のむすめの…」

「あなたのお嬢さんのサラさんですね」ウルトラ氏は額にしわを寄せて言います。「存じあげています。わたしたちは、すでに以前、お目にかかるチャンスがありましてね」

付録

知られざる天候の連関

食器と天気との間に結合関係《けつごうかんけい》が存在することは、今日の気象学《きしょうがく》において、確証《かくしょう》済《ず》みの認識《にんしき》とみなされている。学者の推測《すいそく》によれば、このような連関はすでに数千年以前に知られていて、ストーンヘンジには、あるいは天気に影響を及《およ》ぼすための礼拝《れいはい》の場所としての役割《やくわり》があったのかもしれない。ソールスベリの近くで、石器《せっき》時代の皿の骸骨《がいこつ》が、雲の残存物《ざんぞんぶつ》と並《なら》んで発見されたが、これは気象学上の連関を暗示《あんじ》するものである。この際、どのような皿が用いられ、何が皿の上にのっていたかは、決して軽視《けいし》しうるような事柄《ことがら》ではない。したがって以下で、サラロギー、すなわち「お皿学」の基礎《きそ》について、手短かなガイダンスを行っておく。

大きな、平たい皿は、しばしば州都《しゅうと》の諸区域と連関関係を保っている。また、どちらかというと品揃《しなぞろ》えの悪い書店の近くの天気に影響を与えることもある。

スープ皿、およびふた付きスープ大皿は、暖房《だんぼう》のない屋外《おくがい》プール、地下駐車場、低地に影響を及ぼす。澄《す》んだスープを残すと、雨になる可能性がある。レンズ豆またはエンドウ豆スープのように、不透明《ふとうめい》なスープを残した場合、雹《ひょう》または霰《あられ》まじりの雨という結果を生むかもしれない。

デザート用の小皿は、メタボの住民が多数を占める小さな市町村の天候に作用を及ぼす。

プラスチックのお皿の影響はまだ完全には解明《かいめい》されていないが、全体としての気象状況に影響を与えるようである。したがって社員食堂利用の際は、特に注意を払《はら》うこと。

ピザボックスは、ショッピングセンター、刑務所《けいむしょ》または学生寮《りょう》と強力な結合関係を有する。

深皿に盛《も》られたマッシュポテトがかなり多量に残されると、これと連関を持つ地方は、著しい地盤《じばん》の動きを覚悟《かくご》しなければならない。

訳者あとがき

みなさんは「観天望気《かんてんぼうき》」というむずかしい言い方をご存じでしょうか。たとえば「ネコが顔を洗うと雨になる」のように、生物の行動や自然現象を観察して、そこからお天気を予想することだそうです。あてになる例もありますが、そうでない例もあります。「ネコ…」の場合は「ネコが顔を洗うと晴れになる」という正反対のヴァージョンもありますから、眉につばをつけて聞くほうがいい例でしょう。

この『お皿監視人』という話に登場する女性は、子どものとき、両親から、「お皿に食べ物を残すと雨になる」、「お皿をきれいにカラにすると晴れになる」としょっちゅう言われて育ったそうです。お皿と天候はまったく関連がありませんから、これは食べ物を残さないよう子どもをしつけるための、ただの言い回しに過ぎませんね。

ところでこのただの言い回しを逆手にとって、お皿とお天気とを関連づけ、そこにビジネス・チャンスを見出しているのが、この物語の敵役「お皿監視人」たちです。たとえばやたらと食欲旺盛で、いつも三人前、四人前の食事を平らげ、お皿をきれいにカラにする少年がいます。この少年のお皿はなんとオーストリアの有名なスキーリゾート地、サン・アントンの気候と関連がある、ということになっています。「お皿をきれいにカラにすると晴れになる」わけですから、サン・アントンでは晴れ続きで、少しも雪が降りません。困り果てたスキー場の人々の依頼を受けて、

「お皿監視人」たちはこの少年の食欲をすこし制御し、お皿に食べ物を残すようにさせます。「お皿に食べ物を残すと雨になる」わけですから、スキー場には無事に雪が降って、「めでたし、めでたし」ということになります。

「お皿監視人」の一見無害なこのビジネスの危険性を見抜き、これに抵抗するのが、この物語の主役である四人の少年少女たちです。常日頃から探偵団を組織している四人は、お皿の監視を通じて特定の場所の天候を操作する「お天気マフィア」のこのビジネスが、やがては地球全体の気候を操作し、温暖化を生み、海水の水位上昇などを引き起こしかねないことを見抜き、それに堂々と立ち向かいます。「立ち向かう」と言っても、別に暴力に訴えるわけではありません。お皿いっぱいの食べ物を食べずにそっくり残したり、反対に一皿分の分量を少なくして猛スピードで次々とお皿をカラにしたりなどして、お皿監視人たちを大混乱に陥れる戦術を取ります。この戦術は功を奏し、お皿監視人たちは四人の住んでいる町から退去するように見えますが、しかし……。

このSFめいた物語の作者は、どうも日本の昔話や落語に出てくる「ほら吹き弥次郎」など、楽しい語り部と同じ資質を持っている人のようです。面白い話を始めると、話の整合性とか一貫性とかは二の次で、クライマックスからクライマックスへと、どんどん飛んで行ってしまいます。虚実とりまぜた調子のいいこのお話を、どうか作者のテンポに同調してお楽しみください。すこしくらい理屈に合わないと思われるところがあってもいいじゃありませんか、楽しければ。

諏訪　功

追記　翻訳は、諏訪がまず全体を訳出し、その原稿を共訳者のシュレヒトさんに読んでもらい、編集者を交えて三人で話し合うという作業を数回繰り返して出来上がりました。ドイツの新聞でコラムを定期執筆している原著者にふさわしく、最近の出来事への言及がさりげない言い回しのうらに潜んでいたり、ドイツの日常生活に根ざしているため、外国人にはわかりにくい表現があったりなど、母語話者としてのシュレヒトさんの教示を得て始めて判明したところがいくつかありました。さらにまた日本文学の翻訳者として著名なシュレヒトさんならではのことですが、日本語の訳語の適否、訳文のスタイル等についても、いくつか貴重なご意見をいただきました。

■ 作者紹介

ハンス・ツィッパート（Hans Zippert）

1957年ビーレフェルト生まれ。ジャーナリストとして、フランクフルター・アルゲマイネ紙、ヴェルト紙等に寄稿。機知に富んだ記事・エッセイで評判が高い。ヴェルト紙の人気コラム『Zippert zappt』は連載記録が10年を越え、2007年Henri-Nannen-Preisを受賞。本作のほか、イラストレーターのRudi Hurzlmeierとのコンビで子ども向けの物語なども手がける。主な著作：»So wird man Loewe« Kein & Aber, 2005. »Das Weltwissen der 48-jährigen« Sanssouci Verlag, 2006. »Was macht dieser Zippert eigentlich den ganzen Tag?« Tiamat, 2009

■ 画家紹介

ミヒャエル・ゾーヴァ（Michael Sowa）

1945年生まれ。ベルリンの造形芸術大学で芸術教育を専攻。半年間教育に携わったのち、画家、風刺漫画家、イラストレーターとして活動。ベルリン在住。

日本でも刊行の『ゾーヴァの箱舟』（BL出版）、『エスターハージー王子の冒険』（評論社）、『クマの名前は日曜日』（岩波書店）、『エーリカ　あるいは生きることの隠された意味』『ヌレエフの犬　あるいは憧れの力』（ともに三修社）などにイラストを描いている。

■ 訳者紹介

諏訪 功（すわ　いさお）

1936年東京生まれ。玉川学園高等部、東京外国語大学、東京大学、ボン大学等でドイツ語、ドイツ文学、ドイツ語学を学ぶ。首都圏の諸大学、カルチャーセンターで教えるかたわら、「NHKラジオドイツ語講座」講師、ウィーン大学客員教授、「基礎ドイツ語」編集長を経て、1999年一橋大学名誉教授、2003年～2006年獨協大学特任教授。『ことばの不思議』（共訳　白水社1973）、『冷蔵庫との対話』（三修社2004）、『バルトルの冒険』（同学社2007. ドイツ文化センター翻訳賞「ダウテンダイ・フェーダー2008」受賞）など、ドイツ語学、ドイツ文学の翻訳、並びに『パスポート　独和・和独小辞典』（白水社2004）等の編著がある。

ヴォルフガング・シュレヒト（Wolfgang Schlecht）

1950年ドイツ・バイエルン州生まれ。ミュンヘン大学で哲学、東京外国語大学及び東京大学大学院で日本学を学ぶ。三修社でドイツ語教材・辞書の編纂に携わったのち、早稲田大学でドイツ語を教える。現在早稲田大学教授。ドイツ語教授法や、異文化コミュニケーション論を専門としながら、日本の大学生用テキスト『ドイツ語マスター100』（共著）や『独検3・4級突破問題集』（共著）など、ドイツ語教材を多数執筆。日本文学では上田秋成の『春雨物語』、吉本ばなな『キッチン』、大江健三郎『静かな生活』などを翻訳する。現在はベルリン自由大学を中心とした『和独大辞典』プロジェクトの監修者の一人として編集・執筆に携わっている。

お皿監視人《さらかんしにん》
あるいは
お天気《てんき》を本当《ほんとう》にきめているのはだれか

2009年10月15日 第1刷発行

作　ハンス・ツィッパート
絵　ミヒャエル・ゾーヴァ
訳　諏訪 功
　　ヴォルフガング・シュレヒト

発行者 前田俊秀
発行所 株式会社 三修社
〒150-0001 東京都渋谷区神宮前 2-2-22
電話　03-3405-4511（代表）　FAX　03-3405-4522
http://www.sanshusha.co.jp/
振替　00190-9-72758
編集担当　三井るり子

印刷所　萩原印刷株式会社
製本所　松岳社株式会社青木製本所
カバーデザイン　土橋公政

ISBN978-4-384-05561-0 C0098

TELLERWÄCHTE